Chère Lectrice,

*Vous avez entre les mains un livre
de la Série Romance.*

*Vous allez partir avec vos héroïnes
préférées vivre des émotions inconnues,
dans des décors merveilleux.*

*Le rêve et l'enchantement vous attendent.
Partez à la recherche du bonheur...*

*La Série Romance, c'est une rencontre,
une aventure, un cœur à cœur passionnant,
rien que pour vous.*

**Un monde de rêve, un monde d'amour.
Romance, la série tendre,
six nouveautés par mois.**

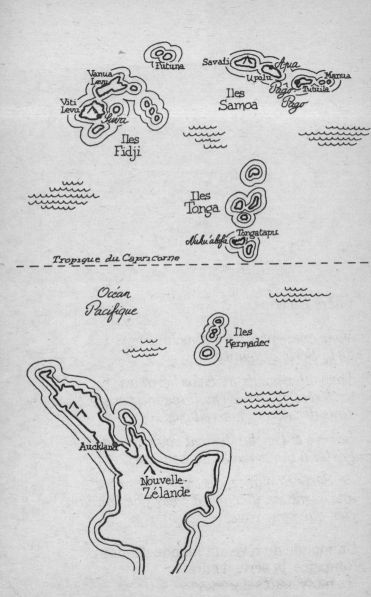

Série Romance

TRACY SINCLAIR

Le miroir aux éphémères

Les livres que votre cœur attend

Titre original : *Stars in Her Eyes* (244)
© 1983, Tracy Sinclair
Originally published by SILHOUETTE BOOKS
a Simon & Schuster division of Gulf
& Western Corporation, New York

Traduction française de : Marlène Bastide
© 1984, Éditions J'ai Lu
27, rue Cassette, 75006 Paris

Chapitre premier

Les essuie-glaces repoussaient vaillamment les vagues de pluie qui cascadaient sur le pare-brise de la Mini Morris. Agrippée au volant, Lisa Brooks avait toutes les peines du monde à distinguer la route étroite qui sinuait sur les pentes abruptes de Coldwater Canyon. De loin en loin des rochers délogés par la tempête obstruaient la voie. Pour couronner le tout le moteur s'était mis, une fois de plus, à émettre un cliquetis inquiétant.

— Seigneur! pria Lisa. Faites que je ne tombe pas en panne! Pas ce soir!

La petite voiture, plus toute jeune, avait pourtant donné satisfaction à sa propriétaire jusqu'à ce que Lisa eût la malencontreuse idée de s'inscrire à un cours du soir dans la vallée de San Fernando, une banlieue de Los Angeles située de l'autre côté des montagnes. Deux fois par semaine la Mini s'essoufflait dans les lacets qui escaladaient la crête. C'était trop lui demander. L'une après l'autre, les pièces du moteur la lâchaient au beau milieu du parcours. Chaque fois Lisa avait eu la chance de rencontrer une bonne âme qui lui permît d'utiliser son téléphone mais, cette nuit, l'affaire se présentait mal.

Tout d'abord il était onze heures, heure à laquelle les gens hésitent à ouvrir leur porte. Ensuite elle approchait du sommet et, sur cette partie de la route, les habitations se faisaient plutôt rares.

C'étaient de grandes demeures luxueuses, campées en pleine nature à l'écart de la chaussée.

Pour tout arranger, le rhume qu'elle traînait depuis une semaine prenait des proportions préoccupantes. La malheureuse était tour à tour la proie de frissons glacés et de bouffées de chaleur intense.

De temps en temps un violent accès de toux la secouait. La voiture qui, elle aussi, semblait agitée de soubresauts finit par rendre l'âme dans un hoquet.

La jeune fille, prête à fondre en larmes, essuya du revers de la main la buée qui couvrait la vitre. Devant elle un portail imposant commandait l'accès d'une allée de graviers qui s'enfonçait dans la nuit. On devinait au loin quelques lumières vacillantes. Lisa sortit sous la pluie battante, décidée à tenter sa chance. Si les occupants de la maison refusaient de la laisser entrer, peut-être seraient-ils assez serviables pour appeler une dépanneuse ?

L'allée lui parut interminable. Dans l'ombre, des arbres immenses dressaient contre le ciel leur silhouette fantomatique dont les branches paraissaient se tendre vers elle comme des doigts crochus. Lisa n'en avait cure. Elle cinglait droit devant elle d'une démarche somnambulique, avec la curieuse impression de flotter dans une irréalité terrifiante.

A travers le rideau de pluie les lumières dansaient comme des feux follets. Une grande maison blanche apparut enfin au bout du chemin, tel le château féerique de ses rêves d'enfant.

Un majordome en habit noir répondit à son coup de sonnette et la toisa d'un œil glacial.

— Je suis désolée de vous déranger mais... puis-je me servir de votre téléphone ? Ma voiture est en panne.

6

— Voilà qui n'est pas très original, mademoiselle.

La voix semblait lui parvenir de si loin que Lisa se demanda si elle avait bien entendu.

— Pardon ?

— Trouvez un autre prétexte. Celui-ci est usé jusqu'à la corde.

La porte se refermait.

— Aidez-moi ! S'il vous plaît ! Même si vous refusez de me laisser entrer, appelez une dépanneuse !

— Il y a un téléphone à la station-service. Vous n'avez qu'à continuer : c'est au pied de la descente.

Lisa s'arc-bouta désespérément au chambranle.

— Je vous en prie !

Un vent âpre s'engouffrait sous ses jupes. La nuit menaçait de l'engloutir. Inexorablement, le mince filet de lumière qui filtrait par la porte s'amenuisait...

— Qui est-ce, Rogers ?

La voix grave, masculine, fit se retourner le majordome.

— Encore une de ces insupportables starlettes, monsieur Marshall. Ne vous dérangez pas. Je m'en occupe.

La jeune fille, sans relever la signification de ces paroles, n'en déduisit qu'une chose : si quelqu'un d'autre vivait ici, peut-être se montrerait-il plus compatissant que l'impitoyable Rogers. Galvanisée, elle força l'entrée d'un coup d'épaule.

— Ma voiture est en panne et vous êtes les seuls habitants du voisinage. Laissez-moi au moins utiliser votre téléphone. Je vous en supplie...

A travers le brouillard qui voilait son regard elle distingua un hall immense d'où s'élevait un escalier monumental. Une épaisse moquette beige couvrait le sol. Le maître des lieux s'avança vers elle.

Elle enregistra vaguement les pommettes saillantes, la chevelure noire qui tombait en mèches rebelles sur un front large et s'arrêta, fascinée par les yeux bleu électrique qui la dévisageaient.

Un troisième homme apparut.

— Que se passe-t-il, Logan ?

— Je n'en sais rien, justement.

Lisa se tourna vers le nouvel arrivant et supplia une fois encore à son intention, secouée de frissons, lasse à mourir :

— Je voudrais me servir de votre téléphone, c'est tout !

— Cela ne devrait pas poser de problème, dit l'homme en souriant.

— Peut-être que si...

Le dénommé Logan la scrutait d'un air méfiant, la soumettant à un examen attentif avant d'ajouter :

— Allons ! Entrez.

Lisa le suivit dans une pièce aux murs tapissés de livres où crépitait un feu dans la cheminée. Le téléphone se trouvait sur un large bureau d'acajou. Lisa, frigorifiée, demanda en claquant des dents :

— Puis-je aussi utiliser votre annuaire ?

— Vous devriez d'abord vous réchauffer.

— Non merci, je...

Une quinte de toux l'interrompit.

— Je préfère téléphoner tout de suite.

— Faites ce que je vous dis. Je vous sers un cognac.

Elle n'osa désobéir. D'ailleurs les flammes qui dansaient dans l'âtre l'attiraient irrésistiblement et elle s'en approcha en frissonnant, rabattant le capuchon de son ciré. Les deux hommes se figèrent. Lisa repoussa les mèches auburn que la pluie avait plaquées sur ses joues, et fixa sur eux son regard vert émeraude, voilé de fatigue. Après le froid qui régnait au-dehors, la chaleur de la pièce faisait trembler devant elle des visions imprécises brouillées de larmes.

— Qui êtes-vous ? demanda le maître de maison, interdit.

— Mon... mon nom est Lisa Brooke.

Elle tira nerveusement sur son pull-over, et regretta immédiatement son geste en le voyant fixer le galbe parfait de ses seins haut placés.

— Et moi ? Savez-vous qui je suis ?

Elle secoua la tête, éperdue, en quêtant un appui du côté de son compagnon.

— Permettez-moi de nous présenter, dit celui-ci, puisque mon ami semble trop méfiant pour sacrifier aux règles élémentaires de l'hospitalité. Je m'appelle Brian Metcalfe, et vous êtes ici chez Logan Marshall.

Ils l'observaient attentivement.

— Je... je suis enchantée, balbutia la jeune fille, pour qui ces noms n'évoquaient rien.

Logan eut une moue ironique.

— Je suppose que vous avez un script à me montrer, comme par hasard. Avec un rôle taillé sur mesure pour votre jolie frimousse.

Script ? Rôle ? Que racontait-il ? Chez qui était-elle tombée ? Toutes les sombres histoires qui couraient sur les excentriques d'Hollywood lui revinrent en mémoire. Elle évalua discrètement la distance qui la séparait de la porte et esquissa quelques pas en direction de la sortie.

— Je... je crois qu'il est temps de regagner ma voiture.

— Attendez !

Le maître des lieux lui emprisonna le bras dans une poigne de fer. Etait-ce la peur ? La fièvre ? Elle sentit fléchir ses jambes. Quand le dénommé Brian s'approcha à son tour et posa la main sur son front, elle crut défaillir.

— Allongez-vous sur le divan, dit-il d'une voix douce.

Terrifiée, elle ouvrit la bouche pour pousser un hurlement. Aucun son n'en sortit. Le sol chavira sous ses pieds.

— Pose-la sur le sofa, et demande à Rogers de m'apporter ma trousse. Je crois que cette jeune fille est malade. Très malade.

— C'est une vraie chance que mon meilleur ami soit médecin, plaisanta Logan. De quoi souffre-t-elle ?

Brian l'ausculta brièvement avant de répondre :

— Pneumonie. Il faut la transférer immédiatement à l'hôpital.

Il se dirigeait déjà vers le téléphone.

— Immédiatement ? coupa Logan. Le temps que l'ambulance arrive, avec cette tempête, elle n'y sera pas avant une heure.

— Et alors ? As-tu une meilleure idée ?

— Oui. Nous allons la garder ici. Fais venir des infirmières, du matériel... Tout ce que tu voudras. Je vais l'installer en haut.

La main posée sur le combiné, le médecin observait pensivement son ami.

— Voilà qui ne te ressemble guère, murmura-t-il. Aurais-tu des remords d'avoir malmené cette pauvre fille ?

— Remue-toi un peu au lieu de débiter des sornettes.

Il cueillit Lisa dans ses bras et la porta sans effort en haut du grand escalier pour la déposer sur un lit moelleux.

— Chaud... Fait trop chaud, balbutia-t-elle en tirant sur le col de son pull-over.

Il le lui enleva avec d'infinies précautions et fit

glisser sur ses hanches sa jupe de laine bleu marine. Les yeux brillants de fièvre, elle le regardait sans comprendre. Quand elle n'eut plus sur le corps qu'un soutien-gorge de dentelle assorti à un minuscule slip de soie, un frisson la parcourut.

— J'ai froid, gémit elle en s'accrochant à lui.

Logan l'entoura de ses bras et la berça doucement. Si ceux qui croyaient bien le connaître avaient vu son visage en cet instant, ils auraient eu la surprise d'y découvrir une expression totalement étrangère à la morgue hautaine qu'on lui prêtait d'habitude.

Après un moment d'hésitation il sortit d'un tiroir une veste de pyjama, dégrafa le soutien-gorge et... se figea. Tout habitué qu'il fût au spectacle de la beauté féminine, il resta un moment, éperdu, à contempler les courbes parfaites du corps qu'il tenait entre ses bras. Ce n'est que lorsque Lisa fit mine de se blottir à nouveau contre lui qu'il lui enfila la veste et la glissa prestement sous les converture. Brian entra.

— L'infirmière doit arriver dans une demi-heure. J'ai également demandé un masque à oxygène, à tout hasard.

— C'est si grave que cela ?

— Elle doit traîner cette infection depuis un moment.

Les deux hommes redescendaient quand l'infirmière apparut. Ils la laissèrent prendre soin de la malade. Revenu dans le petit salon, Brian fouilla méthodiquement le sac de Lisa.

— Je n'aime pas beaucoup ce genre d'indiscrétion, objecta Logan.

— Moi non plus. Mais nous ne savons rien de cette fille, excepté son nom. Il y a sûrement quelqu'un, quelque part, qui se fait du souci en ne la voyant pas rentrer. Il faut le prévenir.

Un bâton de rouge, un peigne, quelques billets, une carte de crédit, un permis de conduire : l'inventaire fut rapidement terminé.

— Elle n'est pas de la région, observa Brian en parcourant des yeux le permis. Lisa Brooks, née en 1959 à Abilene, Texas. Célibataire. Eh bien ! Personne ne l'attend ce soir en tout cas. Nous appellerons sa famille demain. Ils se chargeront d'organiser son transfert à l'hôpital.

Logan fronça les sourcils.

— Elle peut rester ici.

Brian fixa sur son ami un regard surpris. Logan, manifestement, avait décidé de l'étonner.

— Quelle mouche te pique ? Tu mènes une guerre sans merci à toutes les filles qui assiègent cette maison, et voilà que tu prends sous ton aile une parfaite inconnue sous prétexte qu'elle tombe dans les pommes à ta porte ?

— Celle-ci n'est pas comme les autres. Elle a besoin d'aide.

— Que se passera-t-il quand elle découvrira à son réveil que la providence l'a jetée dans les bras du célèbre Logan Marshall, le découvreur de vedettes, le fabricant de stars ?

— Serais-tu en train d'insinuer qu'elle joue la comédie ?

— Oh ! Que non ! J'essaie simplement de te prévenir qu'elle risque fort, à peine rétablie, de se conduire exactement comme les autres.

Le jeune homme haussa les épaules.

— Je pourrai toujours la mettre dehors à ce moment-là.

Brian dévisageait son ami d'un air soupçonneux.

— Justement, je me le demande.

L'infirmière apparut dans l'entrée.

— Vous devriez monter, docteur Metcalfe. Elle est très agitée.

L'aube se levait quand la fièvre de Lisa s'apaisa enfin.

— Je passe chez moi prendre une douche, dit Brian, et je file à mon cabinet. Tu devrais dormir un peu.

— Impossible. J'ai une réunion ce matin

La jeune fille dormait paisiblement. De temps en temps un soupir venait troubler sa respiration régulière.

— Tu n'as pas fermé l'œil de la nuit, insista Brian d'un ton réprobateur.

Il prit Logan par le bras et l'entraîna sur le palier.

— Je me suis arrangé pour que les infirmières se relaient à son chevet. Sois tranquille. Je vais tâcher d'obtenir son numéro de téléphone au Texas.

— Laisse. Je m'en occuperai.

Lisa passa les trois jours suivants dans un rêve dont elle s'éveillait parfois quand une femme en uniforme blanc lui soulevait la tête pour lui donner à boire. Un grand gaillard souriant surgissait parfois du fond de son engourdissement, prenait son pouls, sa tension, et l'apaisait d'une voix paternelle.

Il y avait quelqu'un d'autre, également. Elle ouvrait quelquefois les yeux pour trouver à ses côtés une silhouette élancée, silencieuse : un homme, à en juger par sa carrure. Existait-il vraiment, ou n'était-ce qu'une de ces visions fiévreuses qui hantaient son délire ?

Un beau matin, Lisa reprit enfin conscience allongée dans un large lit à baldaquin couvert de dentelle blanche. Les rideaux blancs offraient avec le bleu profond de la moquette un contraste harmonieux.

Une infirmière s'approcha.

— Comment vous sentez-vous ?

Lisa la dévisagea avec étonnement.

— Qui êtes-vous ? Où suis-je ?

Elle tenta de se dégager de ses couvertures.

— Restez au chaud, mon enfant.

— Mais je veux me lever!

— Que se passe-t-il, madame Dempster?

Un homme venait d'apparaître à la porte. Lisa s'enfouit en hâte sous les draps. C'était lui, le mystérieux inconnu de ses visions fiévreuses. Torse nu, il portait un pantalon de flanelle grise, une serviette de toilette jetée autour du cou. Sur sa poitrine bronzée une toison brune descendait en pointe jusqu'à la ceinture. Un sourire éclaira son visage.

— Ah! Vous voilà revenue parmi nous?

— Qui êtes-vous? murmura Lisa.

— Logan Marshall.

Voyant que ce nom n'évoquait rien pour elle, il ajouta:

— Vous ne vous souvenez pas?

— N... non. Nous nous connaissons?

Il fixa sur elle un regard aigu.

— Votre voiture est tombée en panne en pleine tempête. Vous avez demandé à utiliser le téléphone.

Un éclair de panique illumina les grands yeux verts de la jeune femme.

— Mais... c'était la nuit dernière! Qu'est-ce que je fais ici?

— Vous avez été très malade. Nous nous sommes inquiétés pour vous pendant quelques jours...

— Quelques jours? Depuis combien de temps...?

— Ah! Notre moribonde revient à la vie!

Brian s'encadrait à son tour dans l'entrée. Il s'apprêtait à prendre le pouls de sa patiente, mais elle se détourna.

— J'ignore ce que vous me voulez mais j'aimerais que vous me laissiez maintenant. Il faut que je

14

m'habille immédiatement. Je devrais déjà être au travail.

Les deux hommes échangèrent un regard interdit.

— Elle délire ? demanda Logan.

— Sans doute.

— Arrêtez cette comédie ! protesta Lisa. Je ne suis pas malade ! Un petit rhume, tout au plus... Rien qui justifie qu'on me mette au lit sans me demander mon avis !

Elle remonta les couvertures en rougissant et ajouta d'une voix indignée :

— J'espère au moins que c'est cette infirmière qui m'a déshabillée !

— Ce que vous appelez « un petit rhume », jeune fille, était tout bonnement une pneumonie.

Lisa fixa le médecin, les yeux écarquillés.

— Vraiment ? Eh bien ! Je... je suis désolée de vous avoir causé tous ces ennuis. Accordez-moi quelques minutes et je ne vous embarrasserai pas plus longtemps.

— Vous ne bougerez pas d'ici, ordonna Brian d'une voix ferme.

— Mais je me sens très bien ! Il faut que j'aille travailler ! Quelle heure est-il ? Je suis probablement déjà en retard !

— Travailler ? s'étonna Logan. Vous n'êtes donc pas de passage à Los Angeles ? Votre permis de conduire indique une adresse au Texas.

— J'y habitais autrefois. Je ne suis ici que depuis deux mois, et les services administratifs ne m'ont pas encore fait parvenir mes nouveaux papiers.

Brian toisa Logan d'un air étonné.

— Tu n'as donc pas contacté ses parents à Abilene ?

— Je préférais avoir quelque chose de positif à leur annoncer.

Visiblement outré, le médecin se tourna vers Lisa.

— On doit s'inquiéter pour vous, au Texas. Donnez-moi leur numéro de téléphone et...

Elle secoua la tête.

— Merci, mais personne n'attend de mes nouvelles, là-bas.

— J'ai du mal à le croire.

— C'est même pour cela que je suis venue en Californie. Mon père est mort il y a trois mois. Je n'ai pas de famille et je... enfin ! J'ai préféré partir.

Elle avait du mal à refouler ses larmes. Le praticien lui tapota la main, compatissant, et se tourna vers l'infirmière.

— Je vais vous laisser des instructions, madame Dempster.

— Attendez ! s'écria Lisa.

Elle baissa la voix pour ajouter :

— C'est une infirmière privée ?

Brian hocha la tête. Une lueur inquiète passa dans les yeux de la malade.

— Depuis combien de temps est-elle là ?

— Depuis le premier soir. Maintenant que vous êtes en voie de guérison je vais rendre leur liberté aux autres gardes-malades.

— Il y en a d'autres ? Seigneur ! Mais je n'aurai jamais les moyens de les payer !

— Laissez-moi régler ce genre de détail, intervint Logan.

— Pas question ! Et pas question non plus de rester ici !

— Malheureusement j'ai bien peur que vous ne soyez pas en état de quitter cette maison.

Curieusement, cela paraissait lui faire plaisir. Lisa se souvint de son arrogance et de son mépris quand elle avait sonné à sa porte ce fameux soir de tempête. Pourquoi ce revirement ?

16

— *Il faut* que je me lève, décréta-t-elle. Je ne tiens pas à perdre mon emploi.

A son tour, le médecin intervint.

— Vous allez rester ici bien sagement, coupa-t-il d'un ton sans réplique. Sinon vous risquez une rechute.

Elle hocha la tête, brusquement consciente de la fatigue qui la terrassait. Les deux hommes quittèrent la pièce.

La jeune fille tenta un moment d'envisager avec logique les problèmes qui l'assaillaient, mais le sommeil lui offrait un refuge tellement plus confortable qu'elle s'y abandonna sans plus tarder. Elle n'ouvrit les yeux qu'en fin d'après-midi. Une corbeille de roses rouges trônait sur sa table de chevet.

— Elles sont superbes, n'est-ce pas ? dit Mᵐᵉ Dempster. C'est M. Marshall qui les a envoyées. Un vrai galant homme, celui-là ! Ça prouve qu'il ne faut jamais croire ce qu'on lit dans les journaux.

Avant que Lisa ait le temps d'éclaircir ce commentaire énigmatique, l'infirmière lui tendit une magnifique chemise de nuit en satin bleu lavande au plastron orné d'un motif de dentelle.

— Vous allez enfin pouvoir enlever cette veste de pyjama. C'est un cadeau de M. Marshall.

— Mais je ne peux pas l'accepter !

— Pourquoi ?

Une pensée traversa l'esprit de Lisa.

— Est-ce vous qui m'avez déshabillée, la première nuit ?

— Non. Vous étiez déjà au lit quand je suis arrivée.

Sans remarquer la rougeur qui envahissait les joues de sa malade, elle lui ôta sa veste et entreprit de lui enfiler la chemise de nuit. Lisa se débattait en protestant comme une diablesse.

— Ne soyez pas ridicule, mademoiselle. Je sais très bien à quoi vous pensez, mais vous vous trompez. M. Marshall n'a nul besoin de couvrir les femmes de cadeaux pour acheter leurs faveurs, croyez-moi ! Son problème, au contraire, est de les empêcher de toutes se glisser dans son lit.

— Vous n'exagérez pas un peu ? Je reconnais qu'il est très beau mais...

— Cela n'a rien à voir. Même s'il ressemblait à Quasimodo il ne connaîtrait pas une minute de paix.

— Je ne comprends pas...

— Comment ! Vous ne savez pas qui est Logan Marshall ?

Lisa secoua la tête. Avant que l'infirmière ait pu lui répondre, l'intéressé apparut à l'entrée de la chambre, vêtu d'un costume à fines rayures d'une coupe parfaite, la cravate desserrée, le col de sa chemise entrouvert sur son cou puissant.

— Je vois que mon cadeau est arrivé. La couleur vous plaît ?

— C'est magnifique ! Mais vous n'auriez pas dû. Je vous suis déjà tellement redevable ! Dieu sait quand je pourrai vous rembourser.

— Rembourser mes cadeaux ? C'est presque un affront ! Vous ne parlez pas sérieusement, je suppose.

Il s'assit au bord du lit. L'infirmière quitta discrètement la pièce.

— Pourquoi m'offrir tout cela ? Vous ne me connaissez même pas.

Une flamme s'alluma dans ses prunelles.

— Je vous connais peut-être mieux que vous ne le pensez.

— Qui êtes-vous, monsieur Marshall ?

— Appelez-moi Logan, s'il vous plaît.

— Très bien. Alors, qui donc êtes-vous, Logan ?

— Parlons d'abord de vous, si vous le voulez bien... Lisa.

— Vous savez déjà tout de moi.

— Absolument pas ! Je connais votre nom et la raison pour laquelle vous êtes venue en Californie. Rien de plus. Ah ! je sais aussi que vous exercez une profession, puisque vous aviez peur d'arriver en retard. Que faites-vous ?

— Je suis secrétaire. Ou plutôt, je l'ai été. Mon père était professeur d'histoire. Il écrivait des livres, également. Je me chargeais de réunir sa documentation et je tapais ses manuscrits.

— Vous étiez secrétaire, dites-vous. Dois-je comprendre que vous êtes venue à Hollywood dans l'espoir d'embrasser une nouvelle carrière ?

Il attendit anxieusement sa réponse.

— Non. Je... mais je n'ai pas trouvé le moindre emploi de bureau à mon arrivée. En attendant j'ai accepté un poste de vendeuse dans un grand magasin. Mais je ne désespère pas. Je suis vraiment une excellente secrétaire, vous savez !

— Je n'ai aucun doute là-dessus.

Il l'observait toujours avec autant d'attention.

— N'avez-vous jamais cherché à faire du cinéma ?

— Du cinéma ? En tant que quoi, grands dieux ?

— Actrice. Vous êtes très belle...

Elle baissa les yeux.

— Merci. Mais cela ne suffit pas. Le cinéma est un métier comme un autre. Qui s'apprend. Il ne s'agit pas, j'imagine, de se planter simplement devant une caméra...

— Voilà une théorie que j'aimerais entendre plus souvent.

Elle changea de sujet avec un geste impatient.

— A votre tour maintenant. Que faites-vous dans la vie ?

19

— Je suis directeur des Studios Magnum.

— Vous... fabriquez des films ?

Il hocha la tête, et parut attendre qu'elle poursuivît son... interrogatoire.

— Ce doit être... intéressant, dit-elle poliment.

Une lueur amusée dansa dans les yeux du jeune homme. Il lui prit la main et y plaqua impulsivement un baiser.

— Lisa, vous êtes trop merveilleuse ! Je n'ose pas y croire. J'espère que vous ne changerez jamais.

On frappa un coup discret. Rogers, le majordome, entra dans la pièce.

— Excusez-moi, Monsieur. Un coup de téléphone pour vous.

Logan se redressa et posa sur Lisa un long regard pensif.

— A demain. Dormez bien.

Elle le regarda s'éloigner. Quel étrange individu ! Il savait se faire tour à tour terrifiant et charmant. Très très charmant...

Si le docteur prenait mon pouls maintenant, pensa-t-elle, il en déduirait que ma fièvre me joue des tours !

Logan Marshall... ce nom ne lui disait rien tout à l'heure. Mais une foule de souvenirs affluaient maintenant à son esprit. Des détails de potins mondains en particulier, tout droit extraits des journaux à scandales d'Hollywood et qui le décrivaient comme un don Juan cynique et cruel, collectionnant les maîtresses comme des trophées de chasse.

Pourtant il avait fait montre envers Lisa d'une courtoisie raffinée, poussant même la délicatesse jusqu'à la déshabiller sans profiter de la situation.

Elle regarda autour d'elle. Tout ici proclamait les attentions de Logan. Fleurs, livres, magazines... Elle prit une décision : pneumonie ou pas, elle ne s'en laisserait plus conter par ce médecin! Dès demain, elle rentrerait chez elle. Ce n'était pas le moment de s'habituer à tant de luxe et de prévenances.

Chapitre deux

Malgré les bonnes résolutions de Lisa, Brian ne s'en laissa pas conter.

— Je ne veux pas vous voir quitter cette chambre avant au moins une semaine ! C'est clair ?

Il opposa un sourire résigné aux protestations de sa malade.

— Il existe une autre possibilité évidemment : appeler une ambulance pour vous transférer à l'hôpital.

— Cela me coûterait une fortune !

— Alors vous n'avez pas le choix.

— Mais je ne peux m'imposer dans cette maison éternellement !

Logan intervint.

— Mais je ne me plains pas !

— Parce que vous êtes trop bon.

Brian pouffa. Lisa se tourna vers lui, indignée.

— C'est vrai ! Comment réagiriez-vous si une parfaite inconnue débarquait chez vous et s'y incrustait pendant une semaine ?

— Tout dépend de l'inconnue. Si c'était vous...

— Arrête ! intervint Logan. Tu vois bien que tu l'ennuies.

— C'est elle que j'ennuie, ou toi ?

Sans répondre à l'allusion perfide de son ami, Logan se tourna vers Lisa.

— Je puis vous assurer que vous ne gênez personne ici. Pas même les domestiques, puisque Mme Dempster est là pour s'occuper de vous.

La jeune fille s'assura que l'infirmière avait quitté la pièce.

— Je ne pourrai jamais me permettre de payer ses honoraires, murmura-t-elle, affolée.

— Pourquoi tout ramener à des questions d'argent ?

— Mais parce que je n'en ai pas ! Je tiens à rembourser tous les frais que vous avez engagés pour moi.

— Il faut savoir mettre en veilleuse sa soif d'indépendance, de temps en temps. Vous n'êtes pas à l'hôtel, ici. Si vous insistez pour payer la facture, je vais finir par me sentir insulté !

Lisa soupira. Elle ne se sentait pas de taille à affronter tant d'obstination. Peut-être pourrait-elle lui arracher un compromis ?

— Je veux bien rester une semaine, concéda-t-elle. Mais à une condition : c'est que vous laissiez partir Mme Dempster.

Les deux hommes se consultèrent. Le médecin haussa les épaules.

— Pourquoi pas ? Si vraiment cela vous fait plaisir.

Victoire toute symbolique, mais elle s'en contenta.

Cette semaine de convalescence se déroula le plus agréablement du monde. Mme Swenson, corpulente gouvernante au bon sourire placide, était ravie d'avoir une pensionnaire à qui, avec un soin maternel, elle s'ingéniait à composer des menus succulents propres à ranimer un appétit défaillant.

— Vous n'avez que la peau sur les os, ma pauvre petite ! Prends soin qu'elle vide bien son assiette, Lucy.

Lucy, une soubrette bien en chair elle aussi,

s'attardait souvent pour bavarder avec Lisa après lui avoir monté son plateau.

— Quand j'ai commencé à travailler pour M. Marshall, j'avais de drôles de doutes! Forcément, hein? Avec tout ce qu'on lit sur lui! Eh bien! Il n'y a rien de vrai! Il a toujours été très gentil. Très correct.

Entre la replète Suédoise, Lucy et ses livres, Lisa passait des journées agréables. Pourtant elle attendait le soir avec impatience et les quelques instants où Logan s'arrêtait dans sa chambre. Il arborait en général un costume à rayures d'une élégance discrète qui indiquait qu'il rentrait droit du bureau ou, quand il s'apprêtait à assister à l'une des soirées mondaines qui constituaient visiblement son ordinaire, un habit de grande coupe. Il s'imposait à peine une dizaine de minutes puis disparaissait, laissant Lisa en proie à un sentiment de solitude insoutenable.

Un soir il entra dans la pièce vêtu d'un jean moulant et d'un pull noir.

— Vous êtes invité à une partie de campagne?

— Qu'est-ce qui vous fait dire cela?

— En général quand vous sortez vous êtes toujours d'un chic fou!

— Ce soir je reste ici. Si toutefois vous voulez bien supporter ma compagnie.

— Bien sûr, mais... ne vous croyez pas obligé de me distraire.

— Il ne vous est jamais venu à l'idée que c'était le contraire?

— Je ne comprends pas.

— Je me demande parfois si vous ne me jouez pas la comédie.

Vaguement effrayée, Lisa remonta les couvertures. Tous les ragots qu'elle avait lus sur Logan

24

Marshall se télescopaient dans sa mémoire. Allait-elle devoir payer maintenant le prix de ses bontés ?

— Pourquoi passer la soirée avec moi ? Vous connaissez sûrement des femmes autrement plus intéressantes.

— Vous avez déjà rencontré les femmes que je fréquente ?

— Non. Mais elles ont certainement beaucoup de choses à raconter.

— Pas vous ?

— Eh bien... A moins que vous ne désiriez savoir pourquoi les premiers colons américains ne mangeaient pas de dinde à Noël...

— Ah bon ? Pourquoi ?

— Parce qu'à cette époque n'existaient que des dindes sauvages. Et chaque fois qu'ils en mitraillaient une de leurs mousquets, ils ne récoltaient qu'un nuage de plumes.

Logan éclata de rire.

— Ah ! Vous voyez ? Vous m'avez appris quelque chose.

— C'est là tout mon répertoire, dit-elle, piteuse. Des anecdotes historiques que je tiens de mon père. Difficile à caser dans la conversation, vous ne trouvez pas ?

— C'est pourtant ce que vous venez de réussir.

Très décontracté, il balançait sa jambe sur le bras du fauteuil comme s'il s'apprêtait réellement à y passer la soirée. Lisa, sûre qu'il ne tarderait pas à s'ennuyer en sa compagnie, s'efforçait désespérément de trouver un sujet de conversation divertissant.

— Avez-vous entendu parler d'Albert Parker, le cannibale de la Nouvelle-Angleterre ?

Avec une souplesse de fauve, Logan s'extirpa de son siège pour s'asseoir au bord du lit.

— Pourquoi êtes-vous si nerveuse, jeune fille ?

— Je... vous... je n'ai jamais rencontré quelqu'un comme vous.

— Comme cela nous sommes quittes.

— Alors pourquoi n'êtes-vous pas aussi troublé que moi ?

— Qu'est-ce qui vous fait dire que je ne le suis pas ?

Incapable de soutenir son regard, elle baissa les yeux.

— Vous... vous voulez jouer au gin-rummy ? bégaya-t-elle, pour meubler le silence.

Logan éclata d'un rire retentissant.

— Personne ne voudra me croire, quand je raconterai ça !

Il lui prit les épaules et la secoua doucement.

— Je ne demande pas mieux que de jouer avec vous.

Ils distribuèrent les cartes sur le grand couvre-lit. Logan ne perdait pas une partie...

— Vous n'avez que de bonnes cartes ! protesta Lisa.

Il fixa sur elle un regard indéchiffrable.

— Il faudra vous y habituer. Je suis de la race des gagnants.

La compétition était rude et bientôt Lisa oublia toute timidité pour se lancer dans le jeu à cœur perdu. Il était dix heures quand elle étouffa un bâillement. Son hôte ramassa les cartes.

— Il est temps d'aller dormir.

— Mais je ne suis pas fatiguée !

Il la repoussa doucement sur les oreillers, caressa du bout de l'index l'ovale de son visage, les yeux rivés sur sa bouche... Elle crut un moment qu'il allait l'embrasser, mais il se contenta de la quitter sur un :

— Demain je vous offre une revanche.

Elle n'y crut pas un instant, persuadée de l'avoir

terriblement ennuyé. Pourtant le lendemain, surprise ! il était là, un paquet de cartes à la main.

— Prête pour la deuxième leçon ?

Il s'installa sur le lit en souriant et commença la
distribution.

— Logan ? Puis-je vous demander une faveur ?

Il se figea un instant, puis ses mains reprirent
leur ballet régulier.

— Allez-y toujours.

Le ton était tellement rogue qu'elle regretta sa
question. Mais il était trop tard pour reculer.

— Je ne me supporte plus en chemise de nuit. Je
pensais que... si vous passiez devant mon appartement vous pourriez me rapporter quelques vêtements. Il est grand temps que je sorte de ce lit.

Il la dévisagea, interdit.

— C'est tout ? C'est cela, votre faveur ?

Il lui prit les mains.

— Vous êtes extraordinaire, Lisa. J'avais oublié
qu'il existait des êtres tels que vous. Demain matin
à la première heure j'irai à votre appartement.
C'est promis. Avez-vous une robe longue ?

— Oui. C'est un fourreau très simple, en crêpe de
soie verte. Pourquoi ?

— Parce que demain soir je vous invite à un petit
souper intime. Au programme : chandelles et
champagne !

Le lendemain matin on livra à Lisa une valise
qu'elle ouvrit en écarquillant les yeux. Sa semaine
de convalescence prenait fin dans deux jours, et il y
avait là au moins de quoi s'habiller pour un mois !
Il est vrai que les hommes ne font pas attention à ce
genre de détail, pensa-t-elle. Logan avait dû entas-
ser pêle-mêle tout ce qui lui tombait sous la main.

Elle pendit sa robe longue sur un cintre, et passa
la plus grande partie de l'après-midi à se préparer.
Tout d'abord elle se lava les cheveux et se fit couler

un bain moussant parfumé où elle s'abandonna avec délices. Elle trouva dans sa valise des bas d'une finesse arachnéenne, des dessous de dentelle mousseuse, et se glissa dans sa robe. Une touche de mascara sur ses longs cils, un soupçon de rouge à lèvres : elle était fin prête quand Logan frappa.

— Je crois que je ferais bien de vous prendre dans mes bras pour descendre l'escalier.

— Certainement pas ! Quand on est invitée à un dîner aux chandelles il faut savoir tenir debout. Seule, si possible.

— Du moins au début de la soirée.

Ils prirent un cocktail au salon. La jeune fille jeta autour d'elle un regard admiratif.

— Quelle pièce magnifique !

— Vous ne vous en étiez pas aperçu ? Il est vrai que lorsque vous êtes arrivée ici vous n'étiez guère d'humeur à admirer le décor.

— En effet. Vous m'aviez littéralement terrifiée. Quand Brian m'a demandé de m'allonger sur le canapé...

— ... Tous les avertissements de votre pauvre maman sont revenus au galop. C'est ça ?

Lisa rosit et changea de sujet.

— Vous avez été très bons pour moi tous les deux. J'ignore à combien se montent les honoraires de Brian, mais il les mérite. Non ! coupa-t-elle en voyant Logan s'apprêter à protester. Mon patron m'a certainement remplacée depuis longtemps, mais je trouverai un autre emploi.

— Justement, Lisa, j'ai ma petite idée là-dessus...

— Je ne veux pas l'entendre ! Vous m'avez pratiquement sauvé la vie, et je tiens à vous rendre ce que je vous dois.

Il lui prit le menton et plongea dans ses yeux un regard brûlant.

— Les Japonais ont un joli proverbe. Quand on

sauve la vie de quelqu'un, disent-ils, on est ensuite responsable de lui tout au long de sa propre vie.

Lisa eut toutes les peines du monde à dissimuler l'émotion qui s'emparait d'elle.

— Nous ne sommes pas japonais.

— J'aimerais tant m'occuper de vous, Lisa ! Laissez-moi faire.

D'un autre, elle n'eût pas toléré ce langage. Elle y aurait vu trop de sous-entendus. Mais Logan n'éprouvait pour elle qu'un intérêt platonique : jamais un geste équivoque, un semblant de baiser... Dieu sait pourtant que les occasions n'avaient pas manqué ! Il affichait plutôt une affection un peu bourrue qui rappelait l'amitié attendrie qu'il pourrait accorder à une petite sœur...

— Je me débrouille très bien toute seule, dit-elle.

— Qu'est-ce que cela veut dire, au juste, « très bien se débrouiller » ? Gagner sa vie derrière le comptoir d'un grand magasin ?

— C'est suffisant.

— J'ai une idée plus séduisante : travaillez pour moi.

— A quel titre ?

— Voilà : ma secrétaire personnelle vient de demander un mois de congé. Sa fille attend un bébé pour ces jours-ci. Elle va se retrouver grand-mère pour la première fois. Evénement d'une importance capitale !

— Vous avez certainement à votre disposition toute une armée d'employées où il vous est facile de puiser pour trouver une remplaçante.

— Exact. Mais vous vous êtes tant vantée de vos talents qu'il me démange de vous mettre à l'épreuve.

— Je suis une excellente secrétaire, c'est vrai !

— Alors qu'est-ce qui vous retient ? Acceptez ! Vous avez peur ?

— Pas du tout ! Seulement je ne voudrais pas que... enfin ! Ne vous sentez pas obligé de me rendre s...

— C'est vous, Lisa, qui me rendez service.

— Vraiment ? Vous ne dites pas cela par pitié ?

Sans la quitter des yeux il lui saisit doucement la main.

— Si je vous fais cette offre c'est que j'ai réellement besoin de vous, Lisa.

Elle le gratifia d'un sourire ébloui.

— Dans ces conditions je suis ravie d'accepter.

— Marché conclu. Maintenant dépêchez-vous de terminer votre sherry avant que le dîner de cette chère Mme Swenson ne brûle. Ce serait dommage : la malheureuse a passé la journée devant ses fourneaux.

— C'est une cuisinière extraordinaire. Heureusement que je pars bientôt : elle me gave comme une oie !

Il engloba sa silhouette gracile d'un coup d'œil amusé.

— Vous pouvez rester encore un peu. Le temps de prendre quelques kilos.

— J'allais vous en parler justement. Ma semaine de convalescence tire à sa fin, et je voudrais passer à mon appartement. Il doit y régner un désordre et une poussière épouvantables. Si je commence à travailler pour vous... voyons. Quel jour sommes-nous ? Jeudi. Parfait. Je rentre chez moi demain, cela me donne le week-end pour faire le ménage à fond, et lundi je suis prête à prendre mon poste.

— Rien ne presse.

— Comment ? Mais vous venez de me dire...

Mais Rogers annonça que le dîner était servi et les précéda vers la salle à manger, une pièce de dimensions impressionnantes, où trônait une longue table taillée d'un seul bloc de marbre veiné de rose. Les murs étaient tendus d'une soierie chatoyante. Un lustre de cristal pendait du plafond. Sur un chandelier d'argent, deux bougies faisaient danser la lueur ondoyante de leur flamme orangée. Vaisselle de porcelaine, argenterie étincelante, cristaux : la table déployait toutes les splendeurs d'un dîner d'apparat.

— Toutes ces assiettes ! Ces verres ! s'exclama Lisa. On croirait que vous attendez une douzaine de convives !

— Il n'est pas trop tard pour inviter quelques amis, si vous y tenez.

— Je plaisantais.

Elle préférait, bien sûr, passer la soirée en tête à tête avec lui. Peut-être pour la dernière fois ? Avec sa distinction habituelle, Rogers lui servit un verre de chablis. Il faisait preuve à son égard de tant de déférence qu'elle reconnaissait à peine en lui l'homme hostile et effrayant de ce premier soir où, hagarde et trempée, elle avait pénétré pour la première fois dans cette luxueuse demeure.

Ils attaquaient le plat principal quand Lisa osa enfin aborder le sujet qui lui brûlait les lèvres.

— Pourquoi ne me parlez-vous pas de votre travail ?

— J'ai peur de vous ennuyer.

— M'ennuyer ? Mais le cinéma doit être un milieu fascinant !

— Pas pour moi.

— Quel y est votre rôle, exactement ?

— J'étudie des projets, je lis des scénarios... j'essaie de former la meilleure équipe autour du meilleur script. Quand c'est fait, je tâche de convaincre les financiers de miser sur la production.

— Je vois.

Une lueur moqueuse animait ses yeux bleus.

— Je suis certain que vous ne voyez rien du tout. Vous imaginez des plateaux gigantesques, des décors de rêve, une nuée d'acteurs en costumes bariolés qui obéit au doigt et à l'œil à un metteur en scène avec cigare et mégaphone...

— Ce n'est pas cela ?

— Un peu. Mais il y a aussi les heures d'attente, les interminables séquences ratées qu'il faut inlassablement recommencer, les répétitions fastidieuses...

— Dans ces conditions, pourquoi tant de gens rêvent-ils d'en faire leur métier ?

Il haussa les épaules.

— L'argent, le prestige, la vanité... que sais-je ?

— Vous n'aimez pas beaucoup les comédiens, n'est-ce pas ?

— Je les supporte, mais j'ai parfois du mal !

— Vous êtes injuste. Ce doit être si amusant ! Les déguisements, les maquillages : je vois cela comme un perpétuel carnaval. Lorsque j'étais enfant...

— Vous n'oubliez qu'une chose : ce ne sont pas des enfants. Ce sont des adultes. Des hommes, des femmes, prêts à se vendre corps et âme à un public versatile.

— Il y a des artistes dont la gloire ne s'éteindra jamais : Marylin Monroe, Sarah Bernhardt, Humphrey Bogart...

— Evidemment ! Ils avaient du talent. Je vous parle, moi, de cette race de cabots qui infeste Hollywood. Par exemple ces artistes qui ont pour seul atout un visage angélique et un corps qui l'est beaucoup moins...

Lisa sourit.

— Vous m'avez convaincue. Je ne serai jamais actrice. Puis-je avoir encore un peu de vin ?

Il nota ses joues en feu, ses yeux étincelants...

— Je crois que vous arrivez au point de saturation. Peut-être une tasse de café noir serait-elle plus indiquée ?

— Vous m'avez promis du champagne, ne l'oubliez pas !

Il éclata de rire.

— Voulez-vous que nous allions le prendre au salon ?

— Excellente idée.

Elle se leva de table avec l'impression que ses pieds touchaient à peine terre. Logan lui prit le bras. Elle lui adressa un sourire extatique.

— Je me sens extraordinairement bien, dit-elle d'une voix flûtée.

Pour le prouver, elle virevolta gaiement. Erreur ! Quand elle s'arrêta, les murs, eux, continuèrent traîtreusement leur sarabande... Logan la cueillit au moment où elle menaçait de s'écrouler.

— Je crois que nous allons mettre ce champagne au frais pour demain soir.

— Pas question ! Je me sens parfaitement... Arrêtez ! Où m'emmenez-vous ?

Il commençait à gravir les escaliers.

— Il est trop tôt, trépigna-t-elle en le retenant par le bas de sa veste. Vous pensez que j'ai trop bu ?

— Bien sûr que non, murmura-t-il en lui frôlant le front du bout des lèvres. Vous êtes un peu fatiguée, c'est tout.

Elle poussa un soupir et ferma les yeux.

— Vous avez raison.

Il la déposa doucement sur le lit. Lisa se pelotonna et s'apprêta à s'endormir. Au loin, elle entendait vaguement la voix du jeune homme qui résonnait en échos vagues et indistincts. Il la secoua avec ménagement et répéta :

— Vous devriez vous déshabiller.

— Pas envie.

Déployant des trésors de douceur, il dégrafa sa robe.

— Cela devient une habitude, plaisanta-t-il.

Elle sortit soudain de sa torpeur en sentant ses mains se promener sur sa peau nue. Sa somnolence fit brutalement place à une flambée de passion d'une violence presque animale. Logan l'avait débarrassée de son fourreau et, un bras passé sous ses jambes, la glissait précautionneusement entre les draps. Elle s'accrocha à lui.

— Lâchez-moi, dit-il d'une voix rauque. Comment voulez-vous que je vous mette au lit dans ces conditions ?

Elle se renversa contre lui, et plongea dans ses yeux un regard brillant d'une émotion intense.

— Ne me laissez pas, chuchota-t-elle.

— Vous ne savez plus ce que vous dites.

— Restez avec moi, Logan. Je vous en prie.

Parcourue d'un frisson, elle l'étreignait fiévreusement.

— Vous êtes ivre. Je ne suis pas homme à profiter de ce genre de situation, dit-il en se dégageant.

Elle étouffa un sanglot.

— Ne suis-je pas assez belle pour vous ?

Il la broya dans une étreinte possessive.

— Si seulement vous saviez, gémit-il.

Elle lui adressa un sourire tremblant.

— Allez-vous enfin vous décider à m'embrasser ? murmura-t-elle.

Il lui prit la bouche d'un baiser brûlant auquel elle répondit avec une fougue, une ardeur dont elle ne se serait jamais crue capable. Les mains de Logan parcourait son corps de caresses délicieusement sensuelles et bientôt ses lèvres, à leur tour, tracèrent sur sa peau des arabesques de baisers

34

fous qui vinrent couronner, délicatement, les mamelons tendus de ses seins.

Elle dégrafa sa chemise, découvrant un triangle de peau hâlée où elle plaqua les lèvres. Avec un halètement sourd, Logan s'allongea contre elle. Elle avait l'impression enivrante que leurs deux corps se mêlaient.

— Jamais je n'aurais cru que ce pourrait être aussi bon, dit-elle dans un souffle.

Il se redressa brusquement.

— Qu'est-ce que vous dites ? Vous n'avez jamais fait l'amour, Lisa ?

Effrayée par ce changement de ton, elle ouvrit les yeux.

— Non, je... jamais, en effet. Quelle importance ?

— Comment ? Quelle importance ? Profiter de l'innocence d'une ingénue un peu pompette ! Dire que j'étais à deux doigts de vous faire subir les derniers outrages !

Lisa drapa son corps nu dans une couverture.

— Mais ce n'est pas votre faute ! C'est moi...

— Vous devriez dormir.

Elle le regarda s'éloigner sans un mot. Il claqua la porte derrière lui. Fallait-il qu'elle soit si cruellement rejetée ?

Pendant toute cette semaine, sans se l'avouer vraiment, elle avait échafaudé des rêves romanesques qui venaient de recevoir là le plus implacable démenti. Comme il devait la mépriser ! Lui qui affichait un tel dédain pour les filles qui se jetaient à son cou !

Heureusement, il la savait un peu ivre... Mais elle n'ignorait pas, elle, que l'ivresse qui l'avait envahie dès que ses mains s'étaient posées sur son corps ne devait rien à l'alcool.

Quelle idiote ! Tomber amoureuse de Logan Marshall, beau, riche, célèbre, adulé, et pour couronner

le tout, misogyne ! Que pouvait-elle espérer de lui ?
Des larmes. Rien de plus.

La seule solution était de ne jamais le revoir. Dès
demain elle rassemblerait ses affaires pour s'éclipser au plus vite. Après quoi le plus difficile resterait
à faire : l'oublier.

Chapitre trois

Après une nuit agitée, Lisa s'éveilla en entendant s'ouvrir la porte de sa chambre. C'était Logan.

— Lisa ?

Elle s'efforça de respirer régulièrement quand il s'approcha du lit et écarta d'une caresse les boucles égarées sur sa joue. Il resta encore un moment immobile puis quitta enfin la pièce. La porte se referma. La jeune fille sauta hors de son lit, se vêtit hâtivement et s'apprêtait à sortir sa valise du placard quand Lucy fit son entrée.

— Déjà habillée ?

— Eh bien ! Oui, balbutia Lisa feignant de chercher un mouchoir.

— M. Marshall nous a pourtant prévenus que vous feriez la grasse matinée.

— Ah ! Et... qu'a-t-il dit d'autre ?

Les mots avaient du mal à franchir ses lèvres.

— Rien. Excepté qu'il fallait prendre soin de vous.

La soubrette la considéra d'un air envieux.

— Il est vraiment plein d'attentions pour vous, vous savez ?

Lisa se détourna.

— Ne vous faites pas de souci pour le petit déjeuner ce matin, je n'ai pas faim.

— Oh ! M. Marshall ne sera pas content.

— Tant pis pour lui.

Scandalisée, Lucy s'esquiva. Lisa s'en voulut

d'avoir été si aigre. Elle entassa vivement ses vêtements dans la valise, vérifia d'un coup d'œil qu'elle n'oubliait rien et ouvrit silencieusement la porte. Commençait maintenant l'étape la plus délicate de l'opération. Elle aurait aimé, bien sûr, prendre congé des domestiques, si serviables et gentils ! Mais elle craignait les questions indiscrètes.

Avant-hier Logan lui avait rendu les clés de sa Mini Morris qui l'attendait au garage, dûment « rafistolée ». Selon ses propres termes. Puis il avait ajouté :

— Vous devriez vous débarrasser au plus vite de ce tas de ferraille.

Tas de ferraille peut-être, mais c'était son seul moyen de s'échapper de cette maison. Et la facture du mécanicien viendrait s'additionner à la somme qu'elle entendait rembourser à son bienfaiteur.

Après l'opulence raffinée de la demeure de Logan Marshall, son petit deux-pièces lui parut bien modeste, exigu et poussiéreux. Armée de balais, de chiffons et d'encaustique, Lisa se mit à l'ouvrage. A la fin de la journée tout rutilait. C'est alors seulement qu'elle réalisa à quel point elle se sentait épuisée. Après une semaine entière de douillette indolence, la transition était plutôt rude ! Elle prit une douche et se brossa longuement les cheveux. Sans maquillage, on ne lui aurait guère donné plus de quatorze ans. Elle se sentit trop paresseuse pour s'habiller vraiment, aussi se contenta-t-elle d'enfiler une longue robe de chambre. Pieds nus, elle s'effondra dans le vieux canapé du salon.

Quelle différence avec le moelleux sofa de Logan ! Elle repoussa cette pensée avec agacement.

Elle n'avait pas mangé de la journée. Allait-elle

s'improviser un dîner ? Elle ferma les yeux... et se réveilla au carillon de la sonnette d'entrée.

C'était Logan, planté devant sa porte.

— Que faites-vous ici ?

— Je pourrais vous poser la même question.

— Comment ? Mais je suis chez moi !

Une lueur irritée traversa le regard du jeune homme.

— Vous tenez vraiment à continuer cette conversation sur le palier ?

Elle s'effaça à contrecœur et le laissa pénétrer dans le salon. Le cœur battant, elle le regarda évoluer dans ce décor familier. D'un geste furtif elle mit un peu d'ordre dans sa chevelure. Il se retourna juste à cet instant et fixa rêveusement la masse de cheveux auburn qui auréolait son visage.

— Pourquoi vous être enfuie, Lisa ?

— Je ne me suis pas enfuie. Je devais passer une semaine chez vous. Je suis partie un peu plus tôt, c'est tout.

— Sans un mot pour quiconque ? Mme Swenson et Lucy se faisaient un sang d'encre !

— Oh ! Je... je suis désolée.

— Et moi ? Je pensais vous retrouver en rentrant ce soir. Vous ne croyez pas que vous auriez pu au moins me dire au revoir ?

— Je n'étais pas très fière de moi. Et puis vous me méprisiez tant...

— Tiens donc ! Qu'est-ce qui a bien pu vous donner cette impression ?

— Je vous en prie, arrêtez de me torturer. Vous savez très bien de quoi je veux parler.

— De ce qui s'est passé la nuit dernière. C'est cela ?

— Oui, avoua-t-elle en baissant les yeux. Je sais ce que vous pensez de moi.

— En êtes-vous certaine ?

Lisa se mordillait nerveusement la lèvre.

— Vous ne m'avez pas caché votre opinion des femmes qui se servent de leur corps pour... obtenir des... faveurs.

Il eut une moue amusée.

— Je faisais allusion à un autre genre de faveur. Le genre de faveur qui se marchande en services rendus.

Elle baissa la tête en rougissant. Il lui saisit le menton et la força à relever les yeux.

— Entre vous et moi, inutile de marchander. Si vous voulez quoi que ce soit, vous n'avez qu'à le demander.

— Je n'ai jamais rien voulu de vous !

— Je sais. Même pas mon...

— S'il vous plaît, Logan, n'en parlons plus !

Elle avait trop peur qu'il découvrît la vérité. Car elle mentait, bien sûr : elle désirait obtenir quelque chose de lui. Une chose qu'il ne lui accorderait jamais. Son amour.

— Vous aviez un peu trop bu, dit-il en la prenant par les épaules. Cela arrive.

— Ce n'est pas seulement cela, murmura-t-elle, piteuse.

— Vous n'avez rien à vous reprocher. Il ne s'est rien passé.

— Certainement pas grâce à moi !

— Pourquoi vous accuser ? Vous n'êtes pas la première à succomber à... une crise de sensualité. A votre âge, bien des filles y ont déjà cédé.

Lisa aurait aimé lui avouer qu'elle ne méritait pas ce compliment et que, si elle n'avait pas succombé, c'est qu'aucun homme comme lui ne s'était jamais présenté jusqu'ici. Et maintenant qu'elle le connaissait un horrible pressentiment lui soufflait que personne ne pourrait le remplacer dans son cœur.

Il scrutait gravement son visage.

— Gardez votre virginité pour l'homme que vous aimerez, Lisa. Ce sera pour lui le plus beau des cadeaux.

Elle n'osait lever les yeux, de peur qu'il découvrît dans la profondeur émeraude de ses prunelles les signes d'une passion qu'elle entendait à tout prix lui cacher.

— Et si je ne tombais jamais amoureuse ?

— Cela vous arrivera, tôt ou tard. Ne craignez rien.

— J'en doute fort. Aucun homme ne m'a vraiment intéressée.

— Allons ! Pas même un petit ami ?

Elle évoqua les jeunes gens d'Abilene qui la courtisaient. Qu'ils lui paraissaient fades à présent !

— Il doit pourtant y avoir quelqu'un dans votre vie.

— Quelques flirts, reconnut-elle. Rien de plus.

— Vous ne voulez donc pas vous marier, Lisa ?

Il attendit sa réponse, bizarrement anxieux.

— Sûrement pas ! Si quelqu'un me proposait une chose pareille je partirais en courant.

Ce n'était pas tout à fait un mensonge. A moins que le « quelqu'un » ne s'appelle Logan Marshall, bien entendu ! Le visage du producteur se ferma. Lisa retenait son souffle. Pourvu qu'il me croie ! priait-elle.

— Je comprends...

Du bout de l'index, il caressa le contour de sa bouche, et parut soudain prendre une décision.

— Très bien. Rassemblez vos affaires, nous rentrons à la maison.

— A la maison ? Mais j'y suis !

Il engloba l'appartement d'un coup d'œil dédaigneux.

— Vous n'êtes pas encore suffisamment rétablie

pour vous débrouiller seule. Regardez-vous : teint pâle, yeux cernés... Non. Vous prendrez votre dîner au lit ce soir.

— Au lit ? J'y ai déjà passé trop de temps.

Elle rosit, et précisa sa pensée en ajoutant :

— Si je veux me remettre au travail un jour, je préfère retrouver dès maintenant mes habitudes.

— Rien ne presse. Je ne vous embaucherai que lorsque vous vous sentirez réellement à la hauteur.

Il était donc toujours prêt à l'employer !

— Je ne peux pas accepter le poste que vous me proposez, Logan. Vous comprenez pourquoi, j'imagine.

— Je ne comprends rien du tout. Je croyais notre marché conclu ?

— Je sais. Mais je... je pense qu'il vaut mieux ne pas travailler pour vous.

— Parfait. Je ne pousserai pas la goujaterie jusqu'à vous rappeler que vous me devez au moins ce petit service. Si vraiment vous tenez à me laisser dans l'embarras...

— Vous n'avez pas réellement besoin de moi !

— Bien sûr que si !

Il posa sur elle un regard énigmatique.

— Eh bien !... Dans ces conditions... A quelle heure voulez-vous que je commence lundi matin ?

Elle eut toutes les peines du monde à le convaincre qu'elle était suffisamment rétablie pour se présenter à son bureau le lundi suivant. Après quoi il lui fallut déployer toute sa diplomatie afin qu'il consentît à la laisser seule. Quand la porte se referma sur lui, Lisa se sentait « vidée ». Epuisée, mais heureuse : pendant un mois encore elle le verrait tous les jours.

Le lundi matin, Lisa gara sa fidèle Mini devant un grand bâtiment d'acier, de béton et de verre.

Logan avait laissé des instructions au portier en uniforme qui officiait à l'entrée du parc abritant les Studios Magnum. Avec un regard méprisant pour la petite voiture, il indiqua à la nouvelle venue la tour d'où Logan présidait aux destinées de la société.

De chaque côté d'une large allée, s'alignait une série de petits bungalows. C'est là, elle devait le découvrir plus tard, que travaillait le département artistique. Un peu plus loin se dressaient d'immenses hangars. Les studios de tournage, se dit-elle. Une foule d'acteurs maquillés et costumés se croisaient dans le hall de la cafétéria, enchevêtrant allègrement les siècles et les civilisations dans une cohue bigarrée. Au bras d'un Indien sioux emplumé paradait une duègne médiévale, cigarette aux lèvres. Deux pirates devisaient avec un citoyen de la Grèce antique. Lisa aurait aimé s'attarder, observer le spectacle, mais pas question d'arriver en retard. Elle se mit à la recherche du bureau de Logan mais avant d'y parvenir il lui fallut franchir d'innombrables contrôles, subir le filtrage d'une demi douzaine de réceptionnistes et de secrétaires, pour être enfin introduite au dernier étage d'un bâtiment anonyme. Trônant derrière une batterie d'interphones, une hôtesse lourdement maquillée la reçut sans l'ombre d'un sourire. Elle appuya sur un bouton.

Une femme aux cheveux grisonnants apparut.

— Bonjour. Je suis Mme Livingstone, la secrétaire particulière de M. Marshall, dit-elle, affable.

Elle guida Lisa jusqu'à un grand bureau dont une baie vitrée donnait sur les studios. Les collines d'Hollywood découpaient l'horizon.

— M. Marshall m'a demandé de passer la journée avec vous, afin de vous mettre au courant. Cela me paraît un peu court, mais à l'en croire vous comprendrez rapidement.

— J'espère qu'il ne se trompe pas.

Elle lui adressa un sourire rassurant.

— Je suis sûre que non. Voulez-vous un café ?

— Merci. J'aime autant commencer tout de suite.

En une heure, Mme Livingstone dressa un rapide tableau des tâches qui lui incomberaient. Lisa prenait des notes. Le travail ne lui parut pas très difficile, grâce probablement aux nombreuses autres secrétaires qui, elles, s'acquittaient de la paperasserie routinière.

— Autre aspect important : il vous faudra apprendre à filtrer les indésirables. Comédiens sans talent, actrices sur le retour, producteurs véreux... vous saurez vite faire le tri. Vous prendrez également en charge toute la correspondance confidentielle, les coups de téléphone et les réservations en tout genre. J'ai une liste des restaurants favoris de M. Marshall... Où diable l'ai-je mise ? Ah ! La voici. Vous y trouverez aussi le numéro du fleuriste.

— Le fleuriste ?

La secrétaire lui adressa un sourire complice.

— Ah ! Je vois, fit Lisa, crispée.

— Voilà. Je pense que c'est tout. D'autres questions ?

Certes. Une infinité. Mais celles-ci étaient difficilement formulables...

— Non. Vous êtes une excellente pédagogue. Je pense que je saurai garder la boutique pendant votre absence. Vous devez avoir hâte de partir.

— Et comment ! M. Marshall a été adorable de m'accorder ce congé. Mon premier petit-fils ! Vous pensez ! C'est un événement. Bien sûr, à votre âge, vous en êtes encore à espérer votre premier enfant.

— Pas vraiment. Je ne suis pas mariée.

Mme Livingstone considéra la jeune fille et hocha la tête.

— Cela ne tardera pas.

Rassurée sur la compétence de sa remplaçante, elle quitta le bureau en début d'après-midi. Lisa se trouvait seule lorsque la sonnerie de l'interphone retentit.

— Voulez-vous venir me voir, Lisa ?

Elle aurait reconnu cette voix entre mille.

Excepté le bureau immense qui trônait dans un coin de la pièce au pied d'un mur de verre, on se serait cru dans le luxueux salon d'une villa princière. Au-dessus d'un long divan de cuir s'étalait une somptueuse tapisserie d'Aubusson. Une table de conférence en acajou entourée de fauteuils capitonnés occupait un angle du bureau. Des objets d'art et des livres rares complétaient ce décor de rêve.

Costume noir et chemise immaculée, Logan lui-même ressemblait à un prince florentin...

— C'est féerique ! s'émerveilla Lisa. Si je travaillais ici je ne voudrais plus rentrer à la maison.

— Vous pouvez y passer la nuit si le cœur vous en dit. Il y a même une douche.

Il eut un geste du menton vers une petite porte.

— Simple remarque, fit Lisa, cassante.

— Je m'en doutais. Mme Livingstone vous a appris tout ce que vous vouliez savoir ?

— Je crois, oui. C'est un excellent professeur. Elle est partie un peu plus tôt que prévu. J'espère que cela ne vous dérange pas ?

Il eut un hochement de tête indifférent. Un téléphone sonna. Lisa s'apprêtait à décrocher quand il l'arrêta.

— C'est ma ligne privée. Je vous appellerai, si j'ai besoin de vous.

Mortifiée, elle regagna son bureau. Un jeune

homme l'y attendait. Il l'accueillit d'un coup de sifflet admiratif.

— Vous êtes la nouvelle secrétaire ?

— Oui.

— Qu'est-il donc arrivé au dragon ?

Lisa fronça les sourcils.

— Rhoda Livingstone, expliqua-t-il. Une brave fille, mais quand il s'agit de garder son maître, un vrai cerbère !

— Qu'est-ce qui vous fait croire que je ne serai pas aussi redoutable ?

— Cela ne me dérangerait pas. Au contraire, j'apprendrais vite à me contenter de vous voir, plutôt que votre patron.

— Qui êtes-vous ?

— Chuck Talbot. Génie méconnu. Pas pour long-temps. Vous ne lisez donc pas les journaux ? C'est moi qui dirige la prochaine production de Logan. « Fièvre tropicale ». Un budget colossal.

— Excusez-moi, je suis toute nouvelle dans le métier.

— Aucune importance. Je pourrais vous initier. Que diriez-vous d'un petit dîner en tête à tête, pour commencer ?

L'interphone sonna.

— Envoyez-moi Chuck Talbot dès qu'il sera là.

— Il est là, monsieur.

Le « génie méconnu » se baissa vers l'appareil.

— Ne te presse surtout pas pour moi, Logan. Je ne vois pas d'inconvénient à t'attendre encore une heure ou deux.

Il riait toujours dans le micro quand Logan apparut.

— Une heure ou deux, pour moi, c'est déjà une fortune gâchée. Peut-être ton temps ne vaut-il rien, mais le mien est précieux ! Si notre projet t'intéresse encore, tu vas me faire le plaisir de me suivre immédiatement.

Déconfit, Talbot s'empressa d'obéir. Avant de disparaître il glissa vers Lisa un coup d'œil navré.

La journée était presque terminée quand le producteur entra dans son bureau.

— Tout s'est bien passé ?

— Très bien. Je vais beaucoup aimer ce travail.

— Tant mieux.

Il la scruta d'un regard impassible avant d'ajouter :

— Mme Swenson m'a ordonné de vous ramener dîner à la maison. Vous n'avez probablement pas absorbé un repas convenable depuis votre départ. C'est du moins ce qu'elle prétend.

— C'est très gentil ; mais pourrez-vous m'excuser auprès d'elle ?

— Vous avez prévu autre chose ? Chuck a battu son record de vitesse !

— Qu'est-ce qui vous fait croire que je sors avec lui ?

— Il ne vous l'a pas demandé ?

— Eh bien... à vrai dire, si.

— Et vous avez accepté !

Agressif soudain, il la dominait de toute sa taille. Lisa le défia du regard.

— Pour votre gouverne, sachez que je n'ai pas accepté.

Vous ne m'en avez pas laissé la chance, ajouta-t-elle en aparté.

— Je sais que cela ne me regarde pas, Lisa, mais je m'inquiète pour vous. Vous êtes un agneau égaré parmi les loups...

Ordinairement elle n'eût pas supporté ce ton protecteur. Mais Logan avait tant fait pour elle que la jeune fille s'efforça de masquer son exaspération.

— Ne vous sentez pas obligé de veiller sur moi.

Je vous promets désormais d'exiger de tous ceux qui m'inviteront à dîner une lettre manuscrite de leur maman, et un extrait de casier judiciaire.

Logan consentit à sourire.

— Vous venez à la maison ce soir, alors ?

— Non. Je suis un peu fatiguée. C'est ma première journée de travail alors j'aimerais me coucher tôt.

— Je vous l'avais bien dit ! Demain je ne veux pas vous voir au bureau.

— Oh ! Logan ! N'exagérez pas.

— Ramassez vos affaires, je vous reconduis.

— J'ai ma voiture.

— Ah ! oui. La fameuse voiture. Il faudra que je vous trouve un véhicule plus convenable.

— Logan ! s'écria Lisa, excédée.

Il la fixa un long moment avant de tourner les talons.

— Le ciel nous garde des femmes indépendantes, grommela-t-il.

Passionnée par son travail, Lisa ne voyait pas passer les jours. Logan, elle le réalisait à présent, occupait un poste-clé dans l'industrie du cinéma. Les lettres qu'elle fut amenée à taper lui confirmèrent qu'il manipulait des sommes colossales.

Elle déjeunait tous les jours à la cafétéria où se côtoyaient les vedettes les plus célèbres. Tous lui témoignaient une gentillesse servile : en tant que secrétaire du grand Logan Marshall, elle bénéficiait d'une carte de visite qui l'assurait de toutes les sympathies. Tant d'hommes l'invitaient à sortir le soir que Lisa les soupçonnait de ne chercher à se lier avec elle que pour approcher plus facilement son patron. Aussi se forçait-elle à refuser. Bizarrement, personne ne le lui demanda jamais deux fois.

Elle ne s'en souciait guère. Le seul homme qui lui

importait réellement vivait à quelques pas d'elle et elle le voyait plusieurs fois par jour. Cela suffisait à son bonheur. Pourtant parfois son cœur se serrait. Lorsque, par exemple, Logan l'appelait pour lui demander, d'un air indifférent, d'envoyer un bouquet à telle ou telle actrice. Elle avait alors grand-peine à dissimuler sa jalousie.

— Il y a une réunion de production cet après-midi, lui annonça-t-il un jour. Pour notre prochain film. J'aimerais que vous preniez des notes.

Tout le studio était présent : réalisateur, scénariste, producteur, directeur artistique et technique, attachés de presse, sans compter la ruée innombrable des assistants en tout genre.

— Si j'ai bien compris, conclut le conseiller artistique, tout est décidé. Reste à fixer le lieu de tournage : Pago-Pago, dans les îles Samoa, ou Nuku'alofa, dans l'archipel des Tonga.

— Il suffit de choisir l'endroit où les vahinés sont les plus belles ! intervint Chuck Talbot.

— Chuck ! coupa Logan.

— Excusez-moi, Lisa, fit le jeune metteur en scène avec un sourire grivois.

— Il nous faut tenir compte de deux critères bien spécifiques, intervint John Babcock, le producteur délégué. D'une part le décor : qui devra être aussi spectaculaire que possible ; d'autre part la population. J'ai envoyé mon assistant faire des repérages et je viens de recevoir photos et rapports. Tonga possède un atout majeur : les indigènes y sont accueillants, et d'une très grande beauté. A priori nous pouvons compter sur leur collaboration.

— Et Pago-Pago ? s'enquit Logan.

— L'île est plus grande. Elle bénéficie d'un cadre exceptionnel.

— Pas de photos ?

— Rien d'autre que de banales brochures touristiques, admit Babcock.

— A mon avis les deux options se valent, admit Chuck. L'essentiel étant qu'il y ait soleil, palmiers, et kilomètres de plage...

Marshall ne parut pas séduit pas cette vision simpliste du problème.

— Le budget de ce film nous interdit de prendre des risques. Je suggère un repérage des lieux avant de nous décider.

— Qui veux-tu dire par : « nous » ?

— Nous tous. Tous ceux qui ont une part de responsabilité dans cette affaire. Nous prendrons l'avion jusqu'à Pago-Pago. C'est le seul aéroport de la région. Et de là nous louerons un yacht pour continuer l'expédition.

Il incombait à Lisa de faire les réservations et d'organiser les détails matériels. Logan lui dicta une longue série d'instructions, qu'elle nota au fur et à mesure en remerciant le ciel d'avoir toujours été bonne sténographe. Quand ce fut terminé elle se précipita vers la porte.

— Un instant ! Vous possédez un passeport ?

— Non.

— C'est bien ce que je craignais. Arrangez-vous pour en obtenir un. Demandez au département juridique d'accélérer les formalités.

— Mais... Je ne comprends pas. Pourquoi... ?

— Vous avez pourtant l'intention de revenir dans ce pays, n'est-ce pas ?

— Vous voulez dire que je... Mais je n'ai aucune responsabilité dans ce film !

— En revanche, moi, j'en ai. Et j'ai également besoin d'une secrétaire. La sténo ne fait pas partie de mes nombreux talents.

Lisa n'en croyait pas ses oreilles. Elle partait

pour les îles du Pacifique ! Elle se jeta au cou de Logan.

— Merci ! C'est tellement... C'est extraordinaire !

Il la repoussa brusquement.

— Je vous l'ai déjà dit : pas de marchandage entre nous !

Elle supporta courageusement la rebuffade et refoula ses larmes. Quand donc apprendrait-elle à contrôler ses émotions ? Elle n'ignorait pourtant pas que la moindre exubérance, la moindre démonstration d'affection le rendaient terriblement méfiant.

— Je ne marchandais pas. D'ailleurs je n'ai rien à vous offrir. Et si ce voyage est à ranger au chapitre de vos nombreuses largesses gratuites, ne comptez pas sur moi pour accepter !

— Ne soyez pas stupide !

— Pas stupide, non. Réaliste. Vous n'avez nul besoin de moi.

— Bien sûr que si ! Pourquoi vous emmener, sinon ?

Pourquoi, en effet ? Lisa serra son bloc contre elle en s'efforçant de ne pas trahir sa souffrance.

— Très bien. Je me charge dès maintenant des réservations. A l'avenir, n'ayez crainte, je saurai contrôler mes accès de gratitude.

Si elle avait osé lever les yeux, elle aurait lu sur son visage une étonnante, une intense expression d'amertume...

Chapitre quatre

L'avion amorça sa descente vers l'aéroport de Pago-Pago. Les yeux rivés aux hublots, Lisa n'osait croire à sa chance.

Ils descendirent la passerelle sous la caresse des alizés. A l'extrémité de la piste, le feuillage des cocotiers se découpait sur l'azur éclatant du ciel. Après la douane la petite troupe prit place dans un autocar bringuebalant. Habituée à voir Logan évoluer dans un univers de luxe et de confort, Lisa s'attendait à trouver une flotille de limousines avec chauffeur. Elle lui jeta un regard surpris.

Il s'assit à côté d'elle avec un sourire narquois où elle crut deviner qu'il lisait dans ses pensées, mais il se garda bien de tout commentaire.

A travers une végétation luxuriante où des fleurs flamboyantes rivalisaient d'éclat dans un écrin de verdure échevelée, ils empruntèrent la route sinueuse qui menait à l'hôtel. Hibiscus, bougainvillées et frangipaniers déployaient les splendeurs de leurs floraisons exubérantes.

Ils traversèrent une clairière où des paillotes sur pilotis dessinaient une architecture légère et gracieuse.

— Qu'est-ce que c'est ? s'écria Lisa.

— L'habitation traditionnelle des îles du Pacifique, expliqua le chauffeur du car. Nous appelons cela des *farés*.

Sur la plate-forme de lattes qui constituait le sol, on distinguait quelques meubles de bambou.

— Mais il n'y a pas de porte ! s'étonna Lisa.

— Pas besoin de porte.

Le chauffeur ponctua cette évidence d'un large sourire. En bonne Américaine, Lisa était habituée à une vision très cloisonnée du monde : chacun chez soi. Ce monde primitif où l'on vivait en prise directe avec la nature la fascinait.

Appuyés aux piliers qui soutenaient les huttes, les Polynésiens suivirent l'autocar d'un œil indolent, agitant amicalement la main au passage. Plaquée à la vitre, Lisa leur répondit, à la grande satisfaction du chauffeur, ravi de voir une étrangère manifester tant d'enthousiasme pour son pays.

— Je vous emmène visiter l'île, si vous voulez.

— J'aimerais bien, mais malheureusement je ne suis pas en vacances.

— Allez-y, dit Logan.

Elle secoua la tête.

— Ce ne serait pas juste. Toute l'équipe va travailler d'arrache-pied, et moi pendant ce temps-là...

— Et si je vous accompagnais ?

Elle se souvint de sa remontrance acerbe à Chuck : « Mon temps est précieux. »

— Je ne peux pas exiger de vous un tel sacrifice. Le temps c'est de l'argent, n'est-ce pas ?

— Vous n'exigez rien. C'est moi qui vous invite.

Lisa, aux anges, n'eut aucun mal à se laisser convaincre. A tel point qu'elle en oublia d'admirer le paysage.

L'hôtel était une charmante construction coloniale à deux étages, dotée d'une immense véranda. On leur indiqua leurs chambres, et rendez-vous fut donné à toute l'équipe dans le hall, une demi-heure plus tard. A l'ordre du jour : visite de la célèbre rade de Pago-Pago.

Ils s'entassèrent dans des taxis et, après quelques minutes à peine d'un parcours tortueux, arrivèrent au port.

— Mais nous aurions pu marcher! s'exclama Lisa.

Logan eut un sourire ironique.

— Décidément vous ne serez jamais une star! N'avez-vous donc pas compris que le cinéma est un milieu beaucoup trop sophistiqué pour sacrifier à une activité aussi vulgaire que la marche?

— Si je vous promets de renoncer à ma carrière cinématographique, seriez-vous d'accord pour rentrer avec moi à pied?

Il posa la main sur son épaule.

— Avec plaisir.

Le port était situé dans l'ancien cratère d'un volcan, un des sites naturels les plus grandioses de tout l'archipel. De noires falaises de basalte vertigineuses dressaient vers le ciel leur gigantesque silhouette tandis qu'à l'est du lagon un paysage de collines verdoyantes et de vallonnements bondissants moutonnaient à l'infini...

— Fantastique! s'écria Chuck.

— As-tu remarqué ces baraques modernes, au flanc de la falaise? objecta le conseiller artistique. On ne peut pas se permettre des constructions pareilles dans une histoire qui est censée se dérouler au dix-neuvième siècle!

Le directeur de la photographie s'interposa.

— Aucun problème. Il suffit de s'arranger pour garder ces maisons hors du champ.

— Eh bien! Voilà! fit Chuck, enthousiaste. Qu'est-ce que tu en dis, Logan?

— Je pense que nous avons bien d'autres détails à vérifier.

Pendant que l'équipe vaquait aux repérages autour du port, Lisa admirait le panorama. Le soleil se couchait dans un feu d'artifice de couleurs où flottait paresseusement un train de nuages roses. A ses pieds, des grappes de poissons minuscules scintillaient dans l'eau en reflets mordorés. La voix profonde de Logan la fit sursauter.

Que regardez-vous ?

— Les poissons. Il y en a une multitude et... oh ! Avez-vous vu celui-ci ? On croirait qu'il traîne des rubans derrière lui !

— C'est un poulpe.

— Ah ! Bon ? Je croyais qu'il s'agissait de créatures géantes ?

— Vous confondez avec les pieuvres. Le poulpe est une spécialité culinaire de Pago-Pago. Je suis sûr que vous aurez l'occasion d'y goûter.

Lisa lorgna l'animal qui évoluait dans l'eau d'un air soupçonneux.

— Peut-être que je m'en passerai.

— Je croyais avoir affaire à une femme libérée, qui ne reculait devant rien !

— Je viens de découvrir que mon estomac, lui, n'est pas aussi libéré que mon esprit.

— Vous m'aviez proposé une promenade. Cela vous tente toujours ?

Elle lui prit joyeusement le bras et ils s'enfoncèrent dans les ruelles de la ville. Des échoppes déployaient sur les trottoirs l'étoffe bariolée de leur auvent. Dignes, majestueux, les indigènes déambulaient d'un pas nonchalant, le sourire aux lèvres, dans ces rues où tout véhicule à moteur est proscrit.

Au centre de la ville un *faré* immense abritait le marché. De vastes pyramides d'ananas dominaient les étals où s'entassaient pêle-mêle bananes, citrons, oranges, kiwis et papayes, dans un délicieux parfum de fruits mûrs.

Le ciel s'obscurcit brusquement. Une goutte d'eau s'écrasa lourdement sur la joue de Lisa.

— Comment peut-il pleuvoir, alors que le soleil brillait il y a quelques minutes à peine ?

— Ça aussi, expliqua Logan, participe à la magie du pays.

Il enleva sa veste, la lui jeta sur les épaules et l'entraîna en courant à l'abri d'un vieux bâtiment dont la vénérable façade dominait le marché. Ils étaient déjà trempés jusqu'aux os.

— Comment vous sentez-vous ? s'inquiéta Logan en serrant la jeune femme contre lui. Je ne voudrais surtout pas que vous attrapiez froid.

— Froid ? Mais il fait au moins trente degrés !

— N'oubliez pas que vous relevez tout juste d'une pneumonie.

Lisa plaqua la main sur le tissu gorgé d'eau de sa chemise.

— Vous êtes beaucoup plus mouillé que moi.

Il écarta d'une caresse les boucles que la pluie avait plaquées sur son front.

— Ce n'est pas grave, murmura-t-il.

Du bout des doigts, Lisa frôlait la toison brune qui pointait dans l'échancrure du col.

— Nous devrions rentrer, souffla-t-elle, oppressée.

Il l'enlaça tendrement. Elle leva le visage vers lui, les lèvres entrouvertes, perdue dans un langoureux vertige où plus rien n'existait que leurs deux cœurs battant à l'unisson.

Une voix furieuse détruisit cette illusion.

— Quel temps !

C'était Marsha Bloch, l'attachée de presse. Comme un caniche, elle secoua vigoureusement sa chevelure crépue pour en déloger les gouttes de pluie. Lisa resta un moment interdite, frustrée. Logan, en revanche, retrouva immédiatement son sang-froid.

56

— Nous avons oublié la règle d'or du touriste à Pago-Pago : ne jamais sortir sans parapluie.

— Quel déluge !

— Il est déjà terminé. Voyez !

Le soleil, en effet, réapparaissait comme par enchantement.

— Restons ensemble, mesdames. C'est moi qui offre le taxi.

— J'aimerais rester pour faire quelques achats, dit Marsha. Qu'en dites-vous, Lisa ? Cela vous tente de voir ce que cachent ces boutiques ?

Lisa saisit au vol l'occasion de mettre un peu de distance entre Logan et elle. Après la scène qui venait de se dérouler, elle redoutait de se retrouver seule avec lui.

Il paraissait parfaitement maître de lui. Elle, toute frémissante encore, était loin d'avoir recouvré son aplomb.

— Excellente idée. Cela ne vous dérange pas, Logan ?

— Pas le moins du monde. Mais vous devriez peut-être rentrer vous changer.

— Oh ! Patron ! plaida Marsha. Avec ce soleil elle sera sèche en un clin d'œil !

Il finit par acquiescer.

Marsha était une fille pleine d'humour et les deux jeunes femmes eurent tôt fait de s'entendre à merveille. Bras dessus bras dessous, elles entreprirent la visite systématique de toutes les échoppes et se retrouvèrent, au moment de regagner l'hôtel, les bras chargés de paquets.

— Pauvre chère Mme Livingstone ! s'exclama Lisa. Elle ne sait pas ce qu'elle a manqué.

Marsha haussa les sourcils.

— Rhoda ? Mais elle ne participe jamais à ce genre d'expédition !

— Vraiment ? Comment Logan se débrouille-t-il habituellement ? Il se passe de secrétaire ?

— C'est bien simple : il ne vient pas non plus. Nous étions tous très surpris d'apprendre qu'il serait du voyage. Surtout en l'absence de Rhoda. Comment se fait-il qu'elle ait obtenu ce congé ?

— Vous ne le saviez pas ? Elle a demandé un mois de vacances pour se rendre auprès de sa fille qui attend un enfant.

— Je n'en crois pas un mot. Elle est tellement dévouée à son patron que, si elle-même devait accoucher demain, elle refuserait le moindre congé. Si dévouée, vous dis-je, qu'elle vient parfois au bureau le week-end.

Elles interrompirent cette conversation quand Chuck les héla, à l'entrée du parc de l'hôtel.

— Je vois ! Pendant que nous peinons comme des esclaves vous courez les boutiques ! C'est du joli !

— Trimer comme un esclave ? Toi ? s'esclaffa Marsha.

— C'est parce que tu ne sais pas apprécier mes talents.

Il passa le bras au cou de Lisa.

— Voilà une jeune fille, par exemple, qui ne dirait jamais des choses aussi blessantes à son vieux copain Chuck.

— Attends qu'elle te connaisse vraiment, tu verras ! Alors, Logan, bien rentré ?

Le producteur venait d'apparaître sur le perron de la véranda. Chuck grommela un juron indistinct et retira son bras précipitamment. Marsha s'éloignait déjà dans le hall.

— Mettez votre *tupenu* ce soir, cria-t-elle à Lisa. Je sortirai le mien.

C'était un long paréo de cotonnade chatoyante. Marshall lorgna d'un air amusé leurs bras chargés de paquets.

58

— Vous avez l'intention de faire des cadeaux à toute la famille ?

— On le dirait, n'est-ce pas ? Attendez-moi, Marsha ! J'arrive !

Pas question de rester en tête à tête avec lui...

Le dîner fut une véritable fête. L'équipe des Studios Magnum occupait deux tables dans la salle à manger de l'hôtel, une longue pièce vitrée qui dominait l'océan. Par les fenêtres ouvertes, une brise tropicale faisait danser la flamme des bougies. Le murmure des vagues berçait les conversations. L'entrée de Lisa provoqua un silence général.

— Vous êtes superbe, dans ce paréo ! s'émerveilla Chuck en plantant sur sa joue un baiser retentissant.

Si les autres convives se montrèrent plus discrets, l'éclair d'admiration qui animait leurs yeux n'en rendait pas moins tout compliment superflu.

Lisa se glissa aux côtés de Logan et quêta du regard son approbation. Elle fut déçue. Il la fixait d'un air indifférent.

— Cela ne vous plaît pas ?

— Vous êtes très belle, admit-il d'une voix brève.

— Allez ! dit Chuck. Avouez qu'elle est magnifique. Une véritable vahiné !

— Une vahiné aux cheveux auburn ?

— Bon. D'accord. J'ai laissé déborder mon imagination. Mais tout de même, elle est ravissante ! Non ?

Il claqua des doigts, le visage soudain illuminé.

— J'ai une idée ! Si vous faisiez une petite apparition dans le film, Lisa ?

— Ne soyez pas ridicule, Chuck.

— Je ne plaisante pas. Cela vous dirait d'essayer ?

— Ce serait amusant, approuva Marsha.

— J'aimerais bien voir le résultat sur pellicule, fit John Babcock.

Lisa les dévisageait tour à tour en riant.

— Vous seriez bien attrapés si j'acceptais !

— Pas du tout ! protesta Chuck. Nous sommes tout à fait sérieux. Qu'en penses-tu, Logan ?

— Je pense que c'est une idée exécrable. Mais si Lisa y tient vraiment je n'ai pas l'intention de l'en empêcher.

Parmi les convives, la bonne humeur s'évanouit brusquement.

La jeune fille se sentit cruellement blessée, comme une enfant injustement réprimandée en public.

— Allons, Logan, nous plaisantions, dit-elle en baissant les yeux.

Ils tentèrent en vain de retrouver ensuite un peu de cette gaieté qui présidait au début de la soirée. Le dîner se termina en silence. Lisa et le producteur se séparèrent sur un « bonne nuit » glacial.

Le lendemain matin, elle se brossait les cheveux quand il frappa à sa porte. Négligemment appuyé au chambranle, en tee-shirt bleu marine et jean délavé, il dégageait une impression de virilité presque animale.

— Prête pour une petite excursion ?

— Comment cela ?

— Je vous dois une visite de l'île. Auriez-vous oublié ?

— Oh ! Mais... vous m'avez déjà accompagnée en ville hier.

— Ce n'était qu'un avant-goût. Aujourd'hui : promenade en voiture à travers Pago-Pago, et baignade. Le programme vous tente ?

— Evidemment. Vous êtes sûr de pouvoir vous absenter pendant tout ce temps-là ?

— A quoi bon être le patron si l'on ne peut pas s'offrir ce genre d'extravagance ? Prenez votre maillot de bain. Je vous attends en bas dans cinq minutes.

Il lui en fallut bien moins que cela. Au volant d'une Range Rover, Logan patientait devant l'entrée. Il lança le véhicule dans un paysage d'une beauté extraordinaire, envahi de fleurs sauvages. La route s'infiltrait dans la jungle, escaladait des collines, longeait des abîmes pour les affronter brusquement, au détour d'un virage, en des plongées vertigineuses sur l'océan.

Ils débouchèrent sur une plage qui semblait tout droit sortie d'une carte postale : lagon bleuté bordé de sable blond où les vagues venaient mourir languissamment dans un filet d'écume. Sur le rivage, des baigneurs bronzaient paresseusement. Des enfants s'ébattaient dans l'eau transparente. A l'horizon quelques voiles blanches. Logan arrêta la voiture.

— J'aurais préféré une petite crique tranquille mais, comme vous l'avez remarqué, il n'y en a pas.

— C'est vrai ! s'étonna Lisa.

— Ce sont des archipels coralliens, expliqua-t-il. Beaucoup de récifs et peu de sable. Malheureusement les rares endroits où l'on en trouve sont pris d'assaut.

— Cela ne fait rien.

Ils étendirent leur serviette à l'écart des baigneurs. Logan enleva jean et tee-shirt, révélant une musculature féline.

— Vous n'allez pas nager ?

Lisa sortit de sa contemplation rêveuse.

— Euh... je... si ! Bien sûr !

Elle se glissa hors de sa robe et courut vers les premières vagues pour masquer son embarras.

— Le premier à l'eau a gagné !

Il la rattrapa aisément. Ils plongèrent côte à côte et Logan s'élança vers le large d'un crawl énergique. Voyant qu'elle avait du mal à suivre il revint vers elle. Ils batifolèrent un long moment et retournèrent à la plage, dans les éclats de rire et les éclaboussures.

Ils s'allongèrent. Une fois secs, le jeune homme suggéra une promenade.

Ils longèrent la plage jusqu'à un mince ruban de sable que les baigneurs n'avaient pas colonisé. A quelques mètres de là, la mer venait lécher les premiers rochers.

— Il ne reste plus qu'à faire demi-tour, dit Lisa.

Logan l'arrêta.

— Rien ne presse.

Il avait posé la main sur son bras. Elle se dégagea.

— Mais nos serviettes sont restées là-bas !

— Rassurez-vous, elles ne se perdront pas. C'est même pour cela que nous sommes ici.

Elle éclata de rire.

— A vous entendre, on croirait que l'on se marche dessus sur cette plage ! Il n'y a tout de même pas foule !

— J'aurais préféré une île déserte.

— Vous êtes un enfant gâté. Club privé, piscine privée... Vous ne supportez plus la promiscuité. Voilà ce qui...

Lisa s'interrompit, troublée. Il ne la quittait pas des yeux, la couvant d'un regard hypnotique. La main sur son épaule, il laissait délicatement jouer ses doigts dans les boucles qui frisaient sur sa nuque. Il effleura sa joue d'un baiser furtif et murmura à son oreille :

— Vous savez bien pourquoi je préfère que nous soyons seuls.

Lisa sentit se refermer sur elle le dangereux piège

du désir. La flamme qui dansait dans les prunelles de cet homme exerçait une fascination si insoutenable qu'il lui fallut faire un effort pour se détourner.

— Vous délirez, Logan. Le soleil, sans doute.

— Vous pensez que j'ai la fièvre ? C'est vrai. Mais le soleil n'y est pour rien. La vue de ces quatre misérables bouts d'étoffe qui couvrent à peine votre corps me rend fou.

Lisa se sentit rougir jusqu'aux oreilles.

— Surtout que je vous ai vue plus déshabillée encore. Ce sont des souvenirs que l'on n'oublie pas.

Comment pouvait-il être assez mufle pour lui rappeler cette nuit où elle s'était conduite si sottement ? Elle se dégagea, furieuse.

— Pourquoi reparler de ça ?

— Parce que je vous désire.

Il avait posé les mains sur sa taille et la caressait lentement, rêveusement. Elle lui saisit les poignets.

— Qu'est-il advenu de votre beau discours sur ma virginité ? C'était, à vous croire, le plus beau cadeau que je puisse offrir à celui que j'aimerais. Auriez-vous oublié ces belles paroles ?

Son visage se ferma.

— Entre-temps, vous m'avez appris ce que vous pensiez du mariage.

— Quel rapport ?

— Vous êtes encore innocente, Lisa. Il arrive souvent que des jeunes filles tombent éperdument amoureuses du premier homme qui leur fait découvrir l'amour.

Sa voix se faisait rauque, éperdue. Du bout de l'index, il traça délicatement le contour de ses lèvres.

— Si quelqu'un doit vous ouvrir les portes du plaisir, j'aimerais que ce soit moi.

Il caressait doucement sa gorge, promenant sa main à la lisière du soutien-gorge. Elle sentit son cœur s'emballer. Mais dans le feu que charriaient ses veines, la colère le disputait au désir.

— Trop aimable à vous de proposer de m'initier. Je préférerais cependant que vous y mettiez un peu plus de sentiment! Si j'ai bien compris, vous ne verriez pas d'inconvénient à ce que je tombe éperdument amoureuse de vous?

Il eut un sourire désabusé.

— Je ne m'en plaindrais pas.

— Cela flatterait votre mâle vanité, j'imagine! Tant qu'on ne parle pas mariage, bien sûr.

Il lui jeta un regard aigu.

— Auriez-vous changé d'avis? Vous ne voulez toujours pas vous marier, n'est-ce pas?

Elle se crispa, bien décidée à cacher sa détresse.

— Certainement pas.

— Alors je ne vois pas...

— Vous ne voyez pas! Vraiment?

Elle tourna les talons et remonta la plage d'un pas rageur. Logan la suivit d'une démarche nonchalante.

— Je prends le premier avion pour Los Angeles! lui cria-t-elle sans même se retourner.

— Pourquoi diable commettriez-vous une bêtise pareille?

Lisa sentit s'effondrer sa colère.

— Mais... je pensais que vous ne supporteriez plus ma présence... Après...

Elle ralentit l'allure. Logan la rattrapa et la prit affectueusement par l'épaule.

— Lisa, petite idiote! Ce n'est pas la fin du monde. Je vous ai fait des avances, et vous m'avez repoussé. Ce sont des choses qui arrivent à un homme, parfois!

— Pas à vous, je suppose.

— Pas souvent en effet, concéda-t-il, amusé. Mais voyez : je n'en suis pas mort.

— Bien des femmes auraient été heureuses d'accepter, j'en suis persuadée.

— Beaucoup plus que vous ne croyez, petite fille !

Sur la route du retour, il se conduisit comme si de rien n'était. Lisa, au contraire, éprouvait d'énormes difficultés à feindre l'indifférence et regrettait presque de l'avoir éconduit. Au moins aurait-elle connu quelques minutes de bonheur.

Quelques minutes qu'elle aurait vite payées d'une vie entière de regrets et de souffrance, objectait sa raison.

Après avoir goûté aux plaisirs qu'il lui promettait, elle n'aurait pu s'empêcher, dans sa passion, d'exiger toujours davantage. Très vite, il se serait rendu compte de ses sentiments pour lui : le meilleur moyen de le faire fuir à jamais.

Cruel paradoxe : si elle voulait continuer à voir Logan, il fallait simuler de n'éprouver pour lui qu'indifférence et froideur !

Chapitre cinq

Pago-Pago ne fut bientôt plus qu'un souvenir... Le bateau loué par Logan contenait dans les flancs immaculés de sa coque effilée les éléments les plus raffinés du confort et du luxe moderne.

L'équipe des Studios Magnum embarqua après déjeuner. Ils passèrent l'après-midi sur le pont, mollement allongés dans des chaises longues en discutant du prochain tournage. De temps en temps, une escadrille de poissons volants traçait dans l'air une trajectoire argentée.

Un steward en gants blancs leur servit le dîner, après quoi ils s'installèrent dans le grand salon qui occupait la poupe du bâtiment. Bercée par la musique que distillaient les haut-parleurs, Lisa s'absorba dans la contemplation de l'océan. La lune faisait danser sur les vagues un long ruban moiré.

C'était une nuit véritablement magique. La jeune fille sortit sur le pont pour en profiter pleinement.

Le ciel se pailletait d'étoiles. Perdue dans ses rêves, elle sursauta quand une voix grave la tira de sa méditation.

— Comment allez-vous, Lisa ?

C'était Logan.

— Très bien, merci.

— Vous nous avez quittés si soudainement ! J'ai craint un malaise.

— La nuit est si belle. Je ne pouvais plus rester enfermée.

— Superbe, en effet, dit-il en la dévisageant.

— Devant l'immensité de l'univers nos problèmes paraissent insignifiants, n'est-ce pas ?

— Des problèmes ? J'espère que je n'y suis pour rien.

— Ne soyez pas vaniteux !

Elle gardait les yeux obstinément baissés.

— Vous dites cela avec si peu de conviction... Y aurait-il un rapport quelconque avec ce qui s'est passé hier à la plage ?

— Peut-être, oui, avoua-t-elle.

Il lui prit doucement le menton et la força à le regarder.

— Oubliez tout cela, voulez-vous ? Et restons amis.

Amis. Rien de plus. Le sacrifice lui coûtait visiblement beaucoup moins qu'à elle. Elle lui adressa un sourire tremblant.

Le lendemain matin tout le monde était sur le pont pour saluer l'apparition à l'horizon de Nuku'alofa, capitale de l'archipel de Tonga. Sur le quai les attendait un autocar antique, décoré de fresques baroques où s'enchevêtraient gaiement des peintures naïves. Le véhicule, crasseux et cahotant, offrait un contraste saisissant avec le confort luxueux du yacht qu'ils venaient de quitter.

Chacun s'en accommoda avec bonne humeur. L'absence de vitres et de pare-brise fut baptisée, au milieu des éclats de rire, du nom de « technique naturelle de climatisation ». Les indigènes les accueillirent avec l'amabilité souriante propre aux Polynésiens.

— Où allons-nous, Logan ?

— A la recherche d'un décor romantique. Pas facile, à neuf heures du matin. N'est-ce pas ?

— On peut se sentir romantique à toute heure du jour, dans ces îles...

— Ah oui ? Votre conduite tendrait à prouver le contraire.

Lisa se détourna. Le paysage lui fit vite oublier son embarras. Au milieu d'une clairière se dressait une grande arche de pierre noire.

— Qu'est-ce que c'est ?

— Ha'amonga. C'est ainsi que les indigènes appellent cette porte de corail massif à la gloire des saisons. Les stries gravées sur le linteau pointent droit vers l'endroit où le soleil se lève le jour du solstice.

Ils descendirent visiter le site. Lisa évoquait ces gigantesques blocs mégalithiques que l'on trouve en Europe, en Bretagne, en Angleterre, vestiges préhistoriques de religions oubliées qui éveillent encore dans l'âme humaine des échos obscurs. Par quelle force surnaturelle avait-on pu ériger ces pierres ? Chacune d'elle pesait plus d'une dizaine de tonnes !

Laissant là ses compagnons, la jeune fille grimpa jusqu'à la crête de la colline. Un flamboyant magnifique déployait dans le ciel son éventail de fleurs écarlates. De là-haut elle dominait l'île, arc de verdure tendu sur l'horizon bleu-violet de l'océan. Logan apparut derrière elle.

— Je me demandais où vous étiez passée.

— Je me repais du panorama. Comme une ogresse !

— Nous partons bientôt. Je crois que nous avons toutes les informations nécessaires.

— Vous voulez que je prenne des notes peut-être ?

— Non, non...

Il l'entraînait vers le car. Lisa le retint.

— Je n'ai absolument pas travaillé depuis notre

départ ! Tout le monde ici a quelque chose à faire sauf moi !

Elle le scruta d'un air soupçonneux.

— Ma présence ici était inutile, n'est-ce pas ?

Comme d'habitude quand elle abordait ce sujet, Logan s'abrita derrière une façade impénétrable.

— Le voyage n'est pas encore terminé et j'en attends le dernier jour pour vous dicter mes conclusions. Si vraiment vous craignez de nous gêner, ne vous écartez pas du groupe toutes les cinq minutes. Je perds un temps précieux à vous chercher !

Ils regagnèrent le car et la petite expédition continua sa visite, s'arrêtant çà et là. Leur itinéraire les amena aux *langi*, vastes alignements de dalles de corail où sont enterrés les rois de l'archipel. Ils traversèrent des marchés de village bigarrés, déambulèrent, émerveillés, parmi des étalages d'artisanat local, et embarquèrent sur le yacht, l'esprit empli de visions colorées et de paysages grandioses. Ils approchaient du port quand Marsha suggéra :

— Vous n'avez plus besoin de moi maintenant, Logan. Je pourrai emprunter le bimoteur qui fait la liaison avec Pago-Pago, et prendre le vol de nuit pour Los Angeles. Comme cela, quand vous reviendrez, j'aurai déjà développé les photos.

— Bonne idée. D'ailleurs pourquoi ne rentreriez-vous pas tous par avion ? Cela vous donnera le temps de préparer vos rapports. Je ramènerai le yacht avec Lisa.

Il y eut un moment de silence, puis tout le monde se mit à parler en même temps. Lisa, mi-figue, mi-raisin, craignait ce qui risquait de se passer si elle se retrouvait seule sur le bateau avec cet homme...

— Peut-être devrais-je rentrer avec eux ?

— Comment ? Vous vous plaigniez tout à l'heure de ne pas avoir de travail !

— Et alors ?

— Et alors vous allez en avoir ! Je compte vous dicter mes impressions, dresser un tableau comparatif des avantages et des inconvénients des îles que nous avons visitées...

— Ce soir ? Ici ? Maintenant ?

— Exact. A moins que vous n'ayez quelque autre idée en tête ?

Elle rosit.

— Bien sûr que non.

— Parfait. Rendez-vous sur le pont quand tout le monde sera parti.

Ils s'attelèrent à la tâche plusieurs heures durant. Avec une précision mathématique, Logan passa au crible toutes les étapes de leur voyage dont sa mémoire analytique avait enregistré chacun des détails et les énumérait point par point, en une démonstration à laquelle ne manquait plus qu'une chose : la conclusion.

— Je ne distingue toujours pas le lieu de tournage que vous avez décidé de choisir, dit la jeune fille.

— La raison en est bien simple : je n'ai pas choisi ! A quoi bon déplacer toute l'équipe si je ne dois pas tenir compte de leur avis ?

— Vous avez pourtant bien une préférence !

— Vous aimeriez que je vous fasse des confidences, n'est-ce pas ? Cela vous permettrait d'en vendre l'exclusivité à une gazette d'Hollywood.

Lisa cloua sur lui un regard interloqué.

— Vous me croyez capable d'une chose pareille ?

— Mais non, Lisa, mais non. Excusez-moi.

Il fit mine de lui saisir la main mais elle recula.

— Vous ne m'accordez décidément aucune confiance ! D'ailleurs la confiance est un sentiment qui vous est totalement inconnu. Particulièrement avec les femmes.

Elle se leva.

— Je vais taper ces notes.

Il lui empoigna le bras.

— Je croyais que nous étions amis.

— Je doute fort que ce soit possible. Entre une femme et Logan Marshall, il n'y a pas de place pour l'amitié.

Qui sait ? Peut-être qu'avec vous cela pourrait changer ?

— Ne vous moquez pas de moi !

— Je vous respecte trop pour cela.

— Me respecter ?

Elle eut une moue désenchantée.

— Pourquoi me faire subir une telle douche écossaise, Logan ? Vous êtes tour à tour charmant et odieux, vous vous jouez de tout !

— Odieux ? Moi ? Quand, par exemple ?

— Oh ! Je ne sais pas... Si ! tenez : quand Chuck m'a proposé de faire une brève apparition à l'écran. Vous vous êtes conduit comme un gamin mal élevé.

Il se crispa.

— Vous savez très bien ce que je pense de ce métier. Je ne tiens pas à vous voir à votre tour sombrer dans cette fascination puérile qu'éprouvent les starlettes pour les feux de la rampe.

— Bravo ! Voilà qui montre la haute opinion que vous avez de moi !

Elle empoigna son bloc-notes, et s'éloigna en hâte.

Sa cabine étant restée exposée au soleil toute la journée, il y régnait une chaleur de fournaise. Quand Lisa eut terminé de dactylographier son compte-rendu, elle ruisselait.

Logan, lui, profita de l'interlude pour se changer. En short blanc, calé dans un transatlantique, il prenait des notes en sirotant un cocktail glacé quand Lisa le rejoignit.

— Voici votre rapport.

Il lui adressa un sourire nonchalant.

— Merci. Vous paraissez sortir du sauna.

— On étouffait, dans ma cabine.

— Vous auriez dû installer votre machine à écrire sur le pont.

— Aucune importance. Maintenant c'est terminé. A moins que vous n'ayez autre chose à me confier ?

— Pas pour le moment. Mettez-vous en bikini et venez près de moi. Cela vous fera le plus grand bien.

La suggestion était tentante. Une brise délicieusement fraîche soufflait du large. Lisa descendit prendre une douche, et enfila un short ultra-court assorti d'un bain de soleil qu'elle noua prestement avant de remonter.

Un transatlantique était déplié près de celui de Logan. Sur la table trônait un deuxième verre.

— Je vous ai commandé un citron pressé. Cela vous convient ?

— C'est parfait.

Elle se baissa pour saisir son verre.

— Aïe !

Dans sa hâte, elle avait pris ses cheveux dans le nœud qui retenait le corsage sur sa nuque.

— Que vous arrive-t-il ?

— Rien, assura-t-elle avec un sourire figé.

Mais plus elle tirait sur ses mèches, plus douloureusement ses cheveux s'emmêlaient.

— Je me suis bêtement coincée...

— Attendez. Laissez-moi voir ça.

Il l'enlaça d'un geste désinvolte et l'assit sur ses genoux. Elle se débattit.

— Comment voulez-vous que je vous délivre si vous gigotez ?

-— Mais je peux très bien...

— Vous ne pouvez rien du tout.

Ses doigts s'activaient délicatement dans son cou. Lisa était parcourue de picotements délicieux.

— Vous n'avez pas encore fini ? s'écria-t-elle, incapable de soutenir plus longtemps une si voluptueuse torture.

Arrêtez donc de... Ah ! Voilà ! C'est fait.

Il lui massa doucement la nuque et descendit graduellement jusqu'au creux de ses reins en longues caresses érotiques. N'y tenant plus, Lisa s'abandonna contre sa large poitrine, tout entière au plaisir qu'il savait éveiller avec une adresse diabolique. Mais quand il nicha un baiser haletant au creux de son épaule, elle se crispa et retint sur ses seins le vêtement qui menaçait sournoisement de glisser. Logan en rattacha les rubans dans son cou en prenant soin cette fois d'écarter ses cheveux.

— C'est la récompense que je m'accorde, dit-il. Pour tout le mal que je me suis donné.

— J'aurais pu le faire moi-même.

— Vous ne trouvez pas que c'était plus drôle comme cela ?

A en croire l'éclat espiègle qui animait ses yeux, il s'amusait beaucoup de la voir si troublée.

— Installez-vous confortablement, ordonna-t-il en désignant le siège à ses côtés. Décontractez-vous.

Elle s'exécuta, et ouvrit le livre qu'elle avait apporté. Le soleil incendiait le couchant quand elle se leva.

— Je vais me couvrir un peu.

Logan consulta sa montre.

— Nous dînons dans un moment. Voulez-vous que nous le fassions sur le pont ?

— Si c'est possible, ce serait merveilleux !

— J'avertis le steward. A tout à l'heure.

La nuit tombe vite, sous les tropiques. Quand Lisa remonta de sa cabine, vêtue d'une légère robe de coton, une grésillante poussière d'étoiles constellait le ciel. Sur la nappe blanche qui couvrait la table le couvert scintillait. La flamme d'une bougie allumait des reflets dansants sur le cristal des verres, de la porcelaine. Un bouquet de fleurs exotiques complétait la décoration.

— C'est magnifique! J'ai l'impression de pénétrer dans la couverture d'un magazine.

— Vous y auriez votre place.

Logan arborait un pantalon blanc et une chemise de soie noire échancrée très bas sur la poitrine.

— Vous buvez quelque chose?

— Ce que vous voudrez, murmura-t-elle, les yeux rivés sur son torse. Du moment que ce n'est pas trop fort.

— Je connais vos limites.

Malgré la lueur vacillante de la bougie il la vit rougir et esquissa un sourire narquois.

— Que pensez-vous des paradis du Pacifique?

— C'est merveilleux!

— Malheureusement le progrès a déjà laissé sa marque sur ces îles. Si vous aviez vu Pago-Pago avant la construction de l'aéroport...!

— Ce n'est pas la première fois que vous y venez?

Il secoua la tête.

— Pourquoi vous joindre à cette expédition, dans ces conditions? D'autant plus que vous ne participez jamais aux repérages, si j'en crois ce que l'on m'en a dit.

Il eut une moue moqueuse.

— J'imaginais que l'atmosphère torride des tropiques vous jetterait dans mes bras, sans doute.

— Je vous ai posé une question sérieuse.

— Vous pensez que je ne suis pas sérieux? Ne faites pas cette tête-là, Lisa! Je promets de ne plus vous taquiner. Peut-être voulais-je descendre de ma tour d'ivoire pour quelques jours? Même si vous n'avez pas apprécié ce voyage, il m'a fait, à moi, beaucoup de bien. Et c'est à votre fraîcheur que je le dois. A travers vos yeux, c'est un peu comme si j'avais découvert ce pays pour la première fois.

— Je n'ai jamais dit que je n'avais pas apprécié...

— Avouez que certains épisodes vous ont déplu !

La flamme de la bougie allumait des reflets dans ses yeux. Elle chiffonnait nerveusement sa serviette. Logan soupira.

— Une ultime raison m'a poussé à entreprendre ce voyage : je voulais m'assurer que ces paysages que j'avais tant aimés n'avaient pas changé. Heureusement, il existe encore des merveilles que la civilisation ne peut abîmer. L'entrée de la rade de Pago-Pago, par exemple. C'est pour la revoir que j'ai choisi de rentrer en bateau, au lieu de prendre l'avion avec le reste de l'équipe.

Lisa vit s'écrouler tous ses rêves absurdes. C'était stupide, elle le savait, et totalement illogique, mais au fond d'elle-même elle espérait que Logan n'avait décidé de regagner Pago-Pago par mer que pour le simple bonheur de se retrouver seul avec elle. Elle s'efforça de ne rien montrer de sa désillusion.

— J'ai hâte de découvrir cet eden, dit-elle.

— Il faudra vous lever tôt. D'après le capitaine, nous doublerons le cap aux alentours de sept heures.

— Je ne veux pas manquer une pareille expérience ! Pourriez-vous me prêter un réveil ?

— Vous ne préféreriez pas être tirée du sommeil par un prince charmant de ma connaissance ?

Il lui prit la main et déposa un tendre baiser au creux de sa paume.

— Rassurez-vous, chère ingénue. Je ferai mon possible pour vous dénicher ce réveil.

Après dîner ils passèrent un moment sur la passerelle, absorbés dans la contemplation de l'océan. Logan mit un terme à leur méditation.

— Il faut que je jette un coup d'œil aux rapports de mon conseil d'administration avant de reprendre l'avion, fit-il, résigné. Je les ai glissés dans mes bagages à Los Angeles, je ne peux tout de même pas les rapporter sans en avoir lu une ligne !

— Puis-je vous aider ?

— Hélas non ! C'est le genre de chose sur laquelle on souffre en solitaire. Bonne nuit, Lisa.

Elle descendit à sa cabine, se déshabilla, et enfila sa chemise de nuit, une petite folie qu'elle s'était offerte avant le départ : un nuage de satin ultra-léger retenu aux épaules par deux rubans minuscules qui couvrait tout juste ses seins sous un fouillis de dentelles. Du dernier chic, lui avait assuré la vendeuse. Pour une fois Lisa s'était permis cette extravagance : on n'embarque pas tous les jours pour les tropiques !

On frappa à la porte.

— Qui... qui est-ce ?

— Logan. J'ai votre réveil.

Elle chercha des yeux un vêtement pour dissimuler sa semi-nudité, mais tout était déjà soigneusement rangé dans sa valise, excepté le costume de voyage prévu pour le lendemain. Elle entrouvrit la porte et tendit le bras à l'aveuglette. Logan entra d'un coup d'épaule.

— Il faut que je vous montre comment fonctionne l'engin que le capitaine m'a prêté et il...

Il apprécia d'un coup d'œil connaisseur sa silhouette épanouie.

— Que de progrès, depuis l'époque où vous m'empruntiez des vestes de pyjama !

— Je n'avais pas de... enfin, c'est-à-dire... Oh ! Donnez-moi donc ce réveil et partez !

Il ne broncha pas.

— Etes-vous sûre de le vouloir vraiment ?

— Non. Euh... si ! hoqueta-t-elle.

Désinvolte, il jouait avec les rubans qui fermaient son décolleté, clouant sur elle son regard hypnotique.

— Ordonnez-moi de partir et je vous promets d'obéir.

Il glissa la main dans sa chemise de nuit, moulant au creux de sa paume la rondeur de ses seins. Un long frémissement la parcourut.

— Oh! Logan! soupira-t-elle.

Il referma ses bras sur elle et lui prit la bouche dans un baiser brûlant. Incapable de résister, Lisa s'accrochait à son cou, enfouissant les doigts dans sa chevelure épaisse. Il la souleva, la déposa sur le lit et parcourut son corps de caresses expertes, la guidant sur les chemins de plaisirs inconnus. Elle sentait monter en elle un raz de marée de désir qui balayait tout sur son passage.

Logan promenait sa bouche sur les zones blanches que le bikini avait dessinées sur sa peau.

— Vous avez un corps merveilleux. Je veux apprendre à le connaître centimètre par centimètre.

Elle glissa les mains sous sa chemise. Elle aussi brûlait d'explorer ce corps qui la comblait. Un long frisson ébranla le jeune homme.

— J'ai tellement besoin de vous, Lisa, murmurat-il en immobilisant son visage pour plonger dans ses yeux un regard éperdu. Ne me quittez jamais.

Etait-il vraiment sincère? Voire! Sous l'empire d'une passion purement physique, il prononçait des mots qu'il regretterait sûrement demain. Logan ressentit la nervosité de la jeune fille et se redressa. Leurs regards se croisèrent. Il afficha aussitôt un sourire blasé qui la glaça jusqu'aux os.

— Ne vous inquiétez pas, ma toute belle. Je n'exigerai de vous aucun engagement définitif.

Comment osait-il la traiter avec un tel mépris?

— Ne craignez rien, dit Lisa, amère. Vous ne figurez pas dans mes projets d'avenir.

Son visage prit une expression que la jeune femme, si elle l'eut mieux connu, eût pu prendre pour de la douleur.

— Peu importe. Laissez-moi être le premier. Laissez-moi vous apprendre l'amour. Peut-être qu'après...

Il s'empara de ses lèvres dans un baiser farouche, et explora sa bouche d'une langue délicieusement experte qui faisait naître en elle mille insupportables frissons. Elle se débattait dans le tourbillon de volupté qui menaçait de l'engloutir tandis qu'il promenait sur son corps ses mains, sa bouche brûlantes. Lisa mourait d'envie de s'abandonner mais elle savait qu'elle signerait là sa perte. Comment dormir seule désormais, après avoir connu l'extase dans les bras du seul homme qu'elle aimerait jamais ? Mieux valait s'arrêter pendant qu'il était encore temps. Maintenant.

Il lui fallut déployer des trésors de volonté pour le repousser.

— Restons-en là, Logan, puisque nous ne désirons ni l'un ni l'autre nous engager dans une relation durable. Vous disiez tout à l'heure que vous partiriez si je vous l'ordonnais...

Elle baissa la tête.

— Eh bien ! Je vous le demande : partez.

Il ne prononça pas un mot, sauta du lit d'un bond et sortit. Lisa dut se mordre les lèvres pour ne pas le supplier de revenir.

Chapitre six

Par la fenêtre de son bureau, Lisa contemplait rêveusement les toits des Studios Magnum. Jamais elle n'eût cru, après leur affrontement sur le yacht, que Logan lui demanderait de revenir travailler pour lui. Pourtant dès le lendemain, dans l'avion, il avait fait preuve d'un calme olympien. Un peu trop, même. A la limite de l'indifférence. La jeune fille y vit la preuve d'un désintérêt total envers sa petite personne.

Après l'aéroport, quand il la déposa à sa porte, elle s'efforçait d'afficher un sourire bravache, convaincue qu'elle ne le reverrait plus.

— Au revoir, Logan. Et... merci pour tout.

— Au revoir, Lisa. Reposez-vous bien. Demain, vous n'aurez qu'à venir à midi.

— Mais vous... je... vous ne voulez tout de même pas...

Il interrompit ses balbutiements d'un ton sec.

— Je n'exige qu'une chose d'une secrétaire : qu'elle donne le meilleur d'elle-même. Professionnellement. Pour cela, il vous faut être en pleine forme quand vous arrivez au bureau. Maintenant si cela ne vous ennuie pas, j'ai hâte de rentrer chez moi.

— Mais Logan ! Il n'est pas question que je revienne travailler pour vous comme si rien ne s'était passé !

— Rien ne se passe jamais entre nous, Lisa.

— Vous voyez bien ce que je veux dire !

Il la toisa froidement.

— Non. J'ai bien peur de ne pas comprendre. Pas plus que d'habitude.

— Logan ! Je...

— Vous m'avez promis de remplacer Mme Livingstone jusqu'à son retour. Ne m'annoncez pas maintenant que vous comptez ajouter l'absentéisme à la liste déjà trop longue de vos... incompétences. Je veux vous voir au bureau demain. A midi.

Elle n'avait pas le choix. Heureusement, sa torture prendrait bientôt fin, la titulaire du poste revenant dans une semaine.

Cet espoir fut vite déçu. Quelques jours plus tard la secrétaire téléphonait de New York pour annoncer une mauvaise nouvelle : on retenait le nouveauné à l'hôpital en observation. Elle prolongeait son séjour d'au moins deux semaines. Davantage, peutêtre.

— Heureusement que j'ai pris ces congés finalement, conclut-elle. Au début j'ai renâclé mais maintenant je me félicite d'avoir obéi à M. Marshall.

Obéir à M. Marshall ? Logan prétendait que sa secrétaire, au contraire, avait exigé ces vacances ! Lisa ne s'appesantit pas sur cette nouvelle énigme dont elle ne tirait qu'une conclusion : elle allait devoir rester aux Studios Magnum plus longtemps que prévu. Non que Logan fût un patron exigeant, au contraire. C'est à peine s'il lui jetait un regard... Malheureusement.

Là n'était pas l'unique souci de la jeune fille : sa dette envers le jeune producteur restait en suspens. Son salaire, pourtant confortable, avait été englouti par les factures accumulées dans sa boîte à lettres durant son absence.

Rarement Lisa s'était sentie si seule. Elle ne connaissait personne à Los Angeles, pas âme qui vive, et les mêmes hommes qui se pressaient autour d'elle autrefois à la cafétéria paraissaient la fuir maintenant.

Deux fois par mois, elle sacrifiait à une corvée nécessaire : faire des courses.

Elle se présenta au supermarché un vendredi soir. Le magasin était bondé. Quand elle eut passé la caisse avec son chariot, elle frôlait la crise de nerfs. Elle poussa son caddie jusqu'au parking et fouilla désespérément son sac à la recherche d'une clef obstinément introuvable. Un coup d'œil à travers la vitre de la Mini Morris lui apprit la triste vérité : elle s'était « enfermée » dehors ! Les clés pendaient au tableau de bord.

— Oh ! Non !

— Pardon ?

Un grand blond, le visage bronzé, venait de se retourner.

— Rien. Je me parlais à moi-même. Ou à Dieu peut-être. Lui seul — ou un serrurier — pourrait m'aider dans une situation pareille.

L'homme claqua la portière de sa Cadillac et s'approcha.

— Quel est le problème ?

— J'ai laissé mes clefs à l'intérieur !

— Ah ! Je peux certainement remédier à cela. Inutile de déranger Dieu pour cette peccadille.

Une flamme enjouée animait ses yeux bruns.

— Allez-vous casser ma vitre ?

— Rien d'aussi radical, rassurez-vous. Heureusement, ajouta-t-il en plongeant sur la banquette arrière de sa voiture, je viens de récupérer ma veste au nettoyage.

Interloquée, Lisa le regarda sortir un veston de cachemire qui pendait à l'un de ces cintres de fil de fer que l'on offre dans les boutiques de nettoyage à sec. Il balança son vêtement sur la plage arrière et, muni du portemanteau, entreprit de le tordre pour en faire un crochet.

— C'est un truc bien connu des cambrioleurs, et de quelques esprits inventifs, comme moi-même.

Il insinua la tringle entre la vitre et le joint de caoutchouc de la portière, accrocha le bouton qui verrouillait la serrure et tira.

— Le carrosse de Madame est avancé, dit-il en ouvrant enfin la porte.

— Extraordinaire! Comment puis-je vous remercier?

— En prenant un verre avec moi, par exemple.

— Oh! Excusez-moi mais...

— Mais je suis une demoiselle très sage. C'est ça? Je n'adresse pas la parole aux inconnus.

— Vous n'êtes pas loin de la vérité, admit-elle.

— Laissez-moi me présenter : Bruce Devereaux. Trente-sept ans. Célibataire. Grand ami des enfants. Profession : producteur indépendant, avec un film en cours de tournage et une série télévisée dans mes tiroirs.

— Vraiment? Moi aussi, je travaille dans le cinéma.

— Vous m'étonnez : on n'oublie pas un visage comme le vôtre. Dans quel film avez-vous tourné?

— Non. Je veux dire... Je suis employée aux Studios Magnum.

— Qu'y faites-vous? Non, écoutez. C'est ridicule! Nous n'allons pas rester plantés dans ce parking! Allons prendre un verre à la cafétéria du supermarché. Je vous promets de me conduire sagement, et nous pourrons poursuivre cette conversation dans des conditions plus civilisées.

La jeune femme se laissa convaincre.

— Alors, reprit-il quand ils furent installés devant un café. Que faites-vous à Magnum?

— Je remplace la secrétaire de Logan Marshall.

— Pas pour longtemps, j'espère. Il serait inhumain de rester enchaînée à un pareil tyran !

— Vous ne semblez pas l'aimer beaucoup.

— Nous avons eu quelques accrochages. Logan a la mauvaise habitude d'être obéi au doigt et à l'œil. Il supporte mal la contradiction.

Lisa se sentit obligée de prendre sa défense.

— Il a toujours été très bon pour moi.

Bruce la toisa avec un sourire entendu.

— Cela ne m'étonne guère...

— Nous sommes amis, corrigea Lisa. Rien de plus.

— Ah oui ? Nous ne parlons peut-être pas du même homme. Le Logan Marshall que je connais n'a jamais exigé qu'une seule chose d'une jolie femme. Et sûrement pas son amitié !

Lisa se leva.

— Il est temps que je parte. Merci pour votre aide.

Il lui saisit le poignet.

— Je ne voulais pas vous blesser. Excusez-moi. J'aimerais vous revoir. Vous êtes tellement différente des filles que l'on rencontre dans cette ville !

— Pas très original.

— Mais c'est vrai ! Voyons... Comment vous convaincre ? N'ai-je pas volé à votre secours, tel un noble chevalier sur son blanc destrier ? Pour vous, j'ai même poussé l'oubli de moi-même jusqu'à jeter ma veste cent pour cent cachemire sur la plage arrière, comme un vulgaire chiffon. N'est-ce pas là une preuve de galanterie ?

— Pas du tout. Plutôt de négligence.

— Admettons. Je suis un dégoûtant personnage. Mais sympathique tout de même, non ?

— Ecoutez, Bruce. Vous perdez votre temps. Je ne suis pas comme les autres filles d'Hollywood, vous l'avez dit. Même si vous m'offriez un rôle mirobolant dans votre prochaine production, je n'accepterais pas de sortir avec vous.

Il ne la quittait pas des yeux.

— Je ne vous demande rien. Simplement, si vous le vouliez, nous pourrions être... amis ?

Elle le dévisagea d'un air sceptique.

— Ce mot-là n'a certainement pas la même signification pour vous et moi.

— Vous avez tort. C'est en simple copain que j'aimerais vous revoir. Que diriez-vous d'une partie de tennis par exemple ? Rendez-vous demain matin sur le terrain ?

Lisa sentit mollir sa résolution. Après tout il ne viendrait pas la chercher chez elle, ni ne la ramènerait non plus : elle conserverait une parfaite indépendance. Le sentiment de solitude qui la minait finit par l'emporter et elle accepta.

Elle ne le regretta pas. Bruce était drôle et jouait merveilleusement au tennis. Il lui offrit à déjeuner au bar du club et l'abreuva d'anecdotes cocasses sur les célébrités d'Hollywood. A la fin du repas, quand il l'invita pour une promenade à Malibu le lendemain à midi, elle s'empressa d'y consentir.

Lisa ne connaissait pas Malibu, cette plage du Pacifique où tout ce que la Californie compte de riche et célèbre a élu domicile. Ils se régalèrent de fruits de mer dans un petit restaurant.

— Un ami possède une villa étonnante à deux pas d'ici, dit Bruce en réglant l'addition. Une construction tout en cèdre et en verre, avec une vue imprenable. Cela vous tenterait d'y jeter un coup d'œil en passant ?

— Bien sûr. Mais ne sera-t-il pas surpris de nous voir débarquer sans prévenir ?

— Pas le moins du monde. Sa maison est ouverte à tous.

La villa, située face à la mer, accrochait à flanc de falaise les formes futuristes d'une architecture épurée. Bruce ouvrit la porte sans même prendre la peine de sonner. Lisa comprit pourquoi : personne n'aurait entendu. Une foule bruyante emplissait le salon, tandis que des haut-parleurs déversaient un flot de musique. Chacun, un verre à la main, discutait sans un regard pour le prodigieux panorama qui s'encadrait dans la baie vitrée.

Bruce présenta Lisa à un homme de petite taille, aux cheveux frisés, qui arborait, en jean et sandales, une négligence étudiée.

— Rudy Mandell. Le meilleur cameraman d'Hollywood.

— Salut, Bruce. Aujourd'hui tu m'amènes enfin une fille qu'on n'est pas obligé de filmer à travers une batterie de filtres et de correcteurs.

Il prit Lisa par le menton et l'étudia comme un cobaye.

— Fantastique ! Tous les angles sont bons !

Devant l'air éberlué de Lisa, Bruce éclata de rire.

— Désolé de te décevoir, mon vieux Rudy, mais elle n'est pas comédienne.

— Qu'est-ce que tu me racontes ? Elle est superbe !

L'embarras de la jeune fille devenait intolérable.

— J'apprécie vos compliments, monsieur Mandell. Mais le problème, voyez-vous, c'est que je ne sais absolument pas jouer.

— Cela n'a jamais empêché quiconque de devenir une star ! Laissez-moi deviner... Vous êtes mannequin ?

— Non. Secrétaire.

— Elle travaille pour Logan Marshall, expliqua Bruce.

— Ah ! Je vois. J'espère que tu sais où tu mets les pieds, mon vieux.

Il le prit par le bras.

— Veuillez nous excuser quelques instants, jeune beauté.

Lisa, qui commençait à regretter d'être venue, se dirigea vers la fenêtre, à l'abri des indiscrets. Elle n'y serait pas tout à fait seule mais tant pis. Un couple, en effet, parlait à voix basse à l'endroit qu'elle s'était choisi.

L'homme lui tournait le dos. Lisa reconnut la femme : une des vedettes les plus en vue du moment, l'un de ces « sex-symbols » dont la vie sentimentale tumultueuse alimente les chroniques mondaines, et que tous les hommes rêvent de serrer un jour dans leurs bras. Mais pour l'instant c'était elle qui, visiblement, cherchait à séduire son compagnon. Elle se livrait à de torrides effets de décolleté en lui caressant doucement la manche. Qui donc était l'heureux élu ? Lisa lui jeta un coup d'œil discret... et resta paralysée.

Logan ! Les yeux voilés par un brouillard de larmes, elle chercha des mains l'appui de la fenêtre. Un gobelet de plastique tomba avec un bruit mat. Logan se retourna.

— Lisa ! Que faites-vous ici ?

— La même chose que vous, j'imagine.

— J'ignorais que vous connaissiez Mandell. Où l'avez-vous rencontré ?

— Ici même, il y a à peine trois minutes.

— Ne me cachez pas la vérité, Lisa.

L'actrice se rappela à son bon souvenir en le tirant par la manche.

— Logan !

— Ah ! Excusez-moi, Monica. Je vous présente Lisa Brooks. Lisa, Monica Miles...

Elles se saluèrent froidement d'un signe de tête.

— Une de vos nouvelles starlettes, chéri ?

— Mieux que cela.

Monica dévisagea la jeune femme d'un œil écœuré. Avant qu'elle ait pu émettre le commentaire venimeux qui lui montait aux lèvres, un homme lui saisit le coude.

— Monica! Raconte-nous l'histoire qui nous a tant fait rire l'autre jour. A propos de ce producteur bidon, tu sais? Un dénommé Zippoli, qui voulait t'engager pour une adaptation d'*Autant en emporte le vent*, sans savoir qu'il en existait déjà une!

Il l'entraîna.

— J'attends vos explications, Lisa, dit Logan d'une voix cinglante.

— Je n'ai aucune explication à donner!

— Vous savez bien pourtant que je n'aime pas vous voir parmi ces gens.

— Cela ne vous empêche pas de les fréquenter, apparemment.

— Ce sont les exigences de mon métier. Malheureusement.

— Mon pauvre ami! Ce petit tête-à-tête avec Monica Miles a dû vous causer d'intolérables souffrances.

Une lueur amusée passa dans son regard. Il se décrispa.

— Jalouse?

— Absolument pas!

— Ah! Bon. Pourtant vos yeux lançaient des rayons verts particulièrement remarquables!

— Ils sont toujours remarquables. Vous ne le saviez pas?

— Je sais tout de vous. N'oubliez pas que je vous ai mise au lit plus d'une fois.

Elle eut un soupir excédé et tourna les talons. Il lui saisit le poignet.

— Pas si vite! Vous ne m'avez pas raconté comment vous étiez arrivée ici.

— Cela ne vous regarde pas.

— A partir de maintenant, si.

— Ah oui ? Pourtant jusqu'ici mes activités extra-professionnelles ne paraissaient guère vous intéresser !

Il relâcha son étreinte pour lui frôler le poignet du bout des doigts.

— Vous vous sentiez abandonnée, Lisa ?

Troublée par cette caresse furtive, elle se dégagea. Bruce arriva à ce moment-là et posa la main sur son épaule, dans un geste amical.

— Excusez-moi, Rudy m'a accaparé plus longtemps que je ne le pensais.

— Aucune importance, murmura Lisa en levant vers lui un regard d'adoration, comme s'il venait de lui sauver la vie.

— Bonsoir, Logan. Content de vous voir.

— J'ignorais que vous connaissiez ma secrétaire, Devereaux, répondit celui-ci, glacial.

— Je suis entré dans sa vie par effraction, plaisanta le jeune homme.

— Tiens donc ! Et où cela ?

— Dans le parking du supermarché, répondit Lisa.

Logan plissa les lèvres en un rictus dédaigneux.

— Un endroit très romantique, je vois. On ne fait pas que son petit marché, dans ces grandes surfaces.

Bruce ne perdit rien de son flegme.

— Ce n'est pas très gentil ce que vous me dites là !

— Je connais votre réputation avec les femmes, Devereaux.

— Voici une remarque qui ne manque pas de piquant, dans la bouche du plus fameux don Juan d'Hollywood !

— Je me moque de votre opinion. N'approchez pas Lisa de trop près. Elle n'est pas pour vous !

— Alors vous n'avez rien à craindre.

— Je vous préviens, Devereaux. Si jamais...

— Gardez vos menaces, Logan. Elles ne me touchent pas. Je ne suis pas de ceux qui tremblent dès que vous levez le petit doigt.

— Tenez-vous à l'écart, c'est un conseil d'ami !

Peut-être ! Mais la demoiselle ici présente n'a pas l'air de se plaindre de mes assiduités.

— Espèce de...

Logan l'empoigna par le col. A quelques centimètres l'un de l'autre, ils se fixaient d'un regard haineux. Toutes les têtes se tournaient vers eux. Lisa s'affola. Ce genre de querelle risquait de faire les délices des journalistes.

— Arrêtez, je vous en prie !

La respiration haletante, les poings crispés, les deux hommes s'écartèrent lentement. Bruce fit un effort pour sourire.

— Excusez-moi, Lisa. Nous nous sommes un peu égarés...

Logan, lui, ne s'embarrassa pas d'excuses.

— Lisa ! aboya-t-il. Si...

— J'en ai assez entendu, Logan.

Elle pivota et traversa la foule d'une démarche décidée. Bruce lui emboîta docilement le pas.

Chapitre sept

Le lundi suivant, Lisa redoutait de retourner aux studios, mais heureusement Logan resta invisible, mobilisé pour la matinée par une réunion qui s'éternisa jusqu'à midi.

A deux heures et demie, il actionna son interphone. Lisa entra dans son bureau en serrant nerveusement contre elle son bloc de sténo. Il l'observa d'un œil sévère.

— J'envoie une note de service à toute l'équipe de notre prochaine production. Il s'agit d'instructions extrêmement importantes. J'espère que vous ne commettrez pas d'erreurs.

Avant qu'elle puisse protester il commença sa dictée d'un ton rapide, débitant ses phrases d'une voix hachée. Lisa dut faire appel à toute sa concentration pour noter ses directives, assenées à un rythme de mitrailleuse. Elle y réussit tout juste. Jusqu'au moment où il se planta devant la fenêtre pour admirer son domaine, sans pour autant ralentir l'allure.

— Excusez-moi, je n'ai pas saisi la dernière phrase.

— Qu'est-il donc advenu de ces talents de secrétaire modèle dont vous me rebattiez les oreilles ? Auraient-ils succombé à une nuit trop mouvementée ?

— Mes employeurs précédents avaient au moins

la courtoisie de ne pas me tourner le dos en pleine dictée.

Il s'avança d'un pas désinvolte, s'arrêtant à quelques millimètres seulement. Ils se frôlaient.

— Comme ceci, c'est mieux ?

Bien pis, au contraire. Au comble de la nervosité la jeune fille laissa tomber son crayon. Ils se baissèrent en même temps. Leurs doigts se touchèrent. Elle retira sa main, comme brûlée...

— Vous paraissez curieusement tendue, mademoiselle Brooks. Quelque chose ne va pas ?

Etait-ce le même homme qui protestait autrefois de son amitié, de sa prévenance, de sa tendresse ? Au bord des larmes, Lisa baissa les yeux.

— Eh bien ! Qu'est-ce qui cloche, cette fois ?

Le ton était différent. Presque soucieux. Il lui souleva le menton, toute trace de moquerie évanouie de son regard. Lisa y retrouvait un peu de leur ancienne complicité. Une complicité à laquelle la sonnerie stridente du téléphone mit un terme brutal. C'était sa ligne personnelle.

La jeune fille reprit son bloc. Il la laissa partir sans un mot.

Elle ne le revit pas de la journée. Tant mieux ! Il était préférable qu'ils se rencontrent le moins possible.

A peine était-elle rentrée chez elle que Bruce sonna à la porte.

— Alors ? Vous travaillez encore à Magnum ?

— Bien sûr. Pourquoi ?

— Je pensais que la petite scène d'hier aurait des conséquences fâcheuses. Désolé d'avoir provoqué un tel esclandre. Si j'avais su que Logan vous considérait comme sa chasse gardée...

— Il n'a pourtant rien à espérer de moi !

— Puisque vous le dites, fit-il, hésitant. Quand pourrais-je vous revoir ?

— Le fiasco d'hier ne vous a pas découragé ?

— Il m'en faut plus que ça. Et puis... n'avons-nous pas convenu de devenir amis ?

Le cœur de Lisa se serra. Bruce semblait si sincère...

— Nous pourrions dîner ensemble demain soir, suggéra-t-il.

— Je suis retenue au bureau.

— Un autre soir ?

— Je... je ne sais vraiment pas. Appelez-moi plutôt vers la fin de la semaine.

— Pourquoi tant de réticences ?

Elle l'ignorait elle-même. Bruce la quitta en menaçant de la harceler de coups de téléphone.

Les jours suivants, une série de rendez-vous extérieurs éloigna Logan du bureau et en son absence le travail de Lisa se limita à une routine sans intérêt. Curieusement, l'ambiance autour d'elle s'était modifiée : on paraissait l'éviter, comme si elle souffrait de quelque maladie contagieuse.

Elle trouva la solution de l'énigme en rentrant un jour de déjeuner. Sur son bureau l'attendait un journal, ouvert à la page des potins mondains, un paragraphe cerclé de rouge.

« Entre le caïd des Studios Magnum et sa secrétaire (intérimaire, il est vrai) on dit que rien ne va plus. Bien qu'il ait ceinturé son bureau de panneaux « Propriété Privée », la demoiselle s'est trouvé un producteur indépendant — très indépendant — qui ne se laisse pas intimider. Un chevalier servant aussi courageux que téméraire. »

Lisa lâcha le journal. Ainsi donc, voici pourquoi, passés les premiers jours où chacun se montrait cordial avec elle, personne ne recherchait plus sa compagnie. Et la raison pour laquelle, depuis quelques jours, ses collègues l'évitaient. Dans ce métier où les ragots vont bon train, ils attendaient tous de voir si elle conserverait la faveur du grand patron avant de s'aventurer à lui adresser la parole.

Quel ignoble milieu! Et Logan ne valait pas mieux! Elle empoigna le journal et poussa la porte du bureau de celui-ci. Il était au téléphone.

— J'ai à vous parler.

Il conclut hâtivement sa conversation et raccrocha d'un air offensé.

— On ne vous a jamais appris à frapper?

Pour toute réponse elle lui agita l'article sous les yeux.

— Lisez cela.

Il parcourut négligemment les premières lignes puis son visage se durcit.

— Où avez-vous trouvé cela?

— Quelqu'un a eu la bonté de le placer sur mon bureau.

Il se leva d'un bond et fit rageusement les cent pas.

— Ne prenez pas ces horreurs au sérieux. Vous devriez savoir de quoi les gens sont capables, dans ce métier.

— Les gens? Et vous, dans tout cela! Jamais je ne vous aurais cru assez abject pour faire le vide autour de moi.

— Quoi? Vous ajoutez foi à ce tissu de mensonges?

— Ce tissu de mensonges, comme vous dites, a eu au moins le mérite de m'ouvrir les yeux.

Il croisa les bras et s'assit sur un coin du bureau, clouant sur elle un regard furieux.

— Je n'ai jamais interdit à qui que ce soit de vous approcher! Jamais je n'ai prononcé...

— Vous n'avez pas besoin de prononcer le moindre mot. Il suffit que vous fronciez les sourcils pour que tout le monde ici tremble de la tête aux pieds !

Il eut une moue méprisante.

— Et ce sont ces gens-là que vous aimeriez fréquenter ?

— Manque de chance, personne ne vous demande de jouer les anges gardiens.

Au pas de charge, elle se dirigea vers la porte.

— Vous aviez raison, conclut-elle. Ce métier me dégoûte. Je m'en vais.

— Vous m'abandonnez ? En plein travail ?

— Assez menti, Logan. Vous n'avez jamais eu besoin de moi. J'ai découvert la vérité à propos de ce prétendu congé de Mme Livingstone. Elle n'a pas demandé à partir. Vous l'y avez poussée. Comment ai-je pu être assez bête pour vous croire ? Mais c'est fini. Je vous quitte.

— Qu'allez-vous faire ?

— C'est mon problème ! dit-elle en claquant la porte.

Elle rassembla hâtivement ses affaires en jetant des regards inquiets par-dessus son épaule mais il ne sortit pas de son bureau. Manifestement le départ de sa secrétaire ne le dérangeait pas outre mesure.

Elle descendit au parking. Une dernière fois, la Mini Morris franchit la grille des Studios Magnum.

Dans la rue, sa colère s'évanouit. Sa belle confiance l'abandonna d'un coup. Elle se retrouvait sans travail, sans argent et sans amis. Plus grave : la perspective de ne jamais plus revoir Logan l'écrasait d'une tristesse insupportable. Malgré son attitude possessive et cynique elle n'arrivait pas à lui en vouloir.

Elle venait de s'arrêter à un feu rouge quand une pensée lui traversa l'esprit. Elle possédait un ami, un vrai ! Bruce ! Peut-être pourrait-il lui trouver du travail ? Son expérience chez Magnum prouvait au moins une chose : elle était capable d'assumer efficacement un poste de secrétaire de haut niveau.

Elle se précipita vers la première cabine téléphonique.

— Lisa ! Quelle bonne surprise !

Sa voix chaleureuse la réconforta.

— Oh ! Bruce...

— Qu'y a-t-il ?

— Je... Rien.

— Vous paraissez désorientée.

— Non, je... tout va bien.

— On ne le dirait pas ! Vous m'appelez du studio ?

— Non. D'une cabine.

— Une cabine ? Où cela ? Ne bougez pas, j'arrive tout de suite !

— Inutile. Je vous assure que tout va bien.

— Je ne crois que ce que je vois. Puisque vous ne voulez pas que je vienne, c'est moi qui vous attends.

Il lui donna l'adresse.

— Nous sommes en tournage au studio B. Demandez au gardien.

— Excusez-moi. Je vous dérange en plein travail...

— Ne racontez pas de bêtises ! A tout de suite.

— Attendez ! Ne raccrochez pas ! Je... Il faut que vous sachiez... J'ai quitté Magnum. Voulez-vous toujours me voir ?

— Lisa, ravissante petite sotte, sautez immédiatement dans la grotesque caisse à savon qui vous sert de voiture. Si vous n'êtes pas ici dans cinq minutes, je fais un malheur.

Elle reposa lentement le combiné, emplie d'un soulagement indicible. Il lui fallut une éternité pour trouver l'adresse. Après quoi elle mit un temps fou à dénicher le studio B dans un labyrinthe de bureaux, de salles de répétition, de régies et de cabines de montage.

— Je commençais à me demander où vous aviez disparu, lui cria Bruce en la voyant.

Une armée de machinistes s'affairait à changer les décors sur le plateau. Une batterie de projecteurs éclairait la scène. Il sortait tout juste d'une discussion avec l'équipe des cameramen, un script à la main.

— Je vous dérange, dit-elle.

— Vous ne me dérangez jamais. De plus je brûle de savoir ce qui vous arrive.

— Ça peut attendre...

Il la prit d'autorité par le bras et l'entraîna dans un petit bureau.

— C'est Logan. N'est-ce pas ? Que vous a-t-il fait, encore ?

— Rien. Ce n'est pas...

Lisa poussa un profond soupir et se reprit :

— Avez-vous lu la *Gazette d'Hollywood* aujourd'hui ?

Le bureau était couvert d'un fouillis de journaux et de dossiers. Il y dénicha le quotidien.

— Je n'ai pas eu le temps.

— Regardez la rubrique « De Bouche à Oreille ».

Il parcourut l'article.

— Je comprends...

— Eh bien pas moi !

Bruce haussa les épaules.

— Vous deviez bien vous en douter. Comment a réagi Logan ?

— Il prétend qu'il n'a jamais interdit à personne de m'approcher.

— Il existe plus d'un moyen de faire comprendre ce genre de chose.

Bruce rivait sur elle un regard attentif.

— Je connais Logan depuis longtemps. Il semble

adopter avec vous une attitude qui ne lui ressemble guère. Oh ! Bien sûr, il n'apprécie pas la compétition et ça tout le monde le sait. Surtout quand il s'agit de lui disputer le cœur d'une femme. Mais à ce point-là... Enfin ! Puisque vous m'affirmez qu'il n'y a rien entre vous, je veux bien vous croire.

— Autrement dit, vous ne me croyez pas, conclut Lisa.

Il resta pensif un moment, et releva les yeux sur elle.

— Quels sont vos sentiments pour lui ?

— Il... Il a été très généreux, très désintéressé, lors de ma maladie.

— C'est donc tout ce que vous éprouvez pour lui : une certaine gratitude ?

Elle évita son regard.

— Oui.

— Et lui ?

— Il s'est montré... paternel. Ou plutôt... un peu comme un grand frère.

Bruce eut une moue sceptique.

— Tirons un trait sur cette histoire, dit-il. N'en parlons plus. Quels sont vos projets maintenant ?

— Si vous connaissiez quelqu'un qui cherche une secrétaire...

— Vous n'êtes pas destinée à gâcher votre vie derrière une machine à écrire ! Avez-vous jamais pensé à faire du cinéma ?

— Vous savez bien que je n'ai aucun talent.

— En êtes-vous sûre ? Nous tournons les premières scènes d'une dramatique télévisée, la semaine prochaine et il nous manque justement une actrice. Pour un rôle secondaire, certes, mais cela constituerait une excellent rodage...

A nouveau, il fouilla le capharnaüm qui encombrait la table.

— J'ai cru voir un script ici tout à l'heure. Ah ! Le

voici. Le rôle de Carria... Emportez cela chez vous, apprenez les répliques : demain nous verrons ce que cela donne.

Il lui plaça d'office une épaisse liasse de feuillets entre les mains.

— Vous ne savez pas à quoi vous vous exposez, Bruce ! Je risque de déclencher le plus grand « bide » de l'histoire de la télévision !

— Ou le plus grand triomphe. Qui sait ?

— Vous n'avez pas besoin de moi pour faire un triomphe. J'apprécie votre geste mais...

— J'ai oublié de mentionner votre salaire, coupa-t-il, citant un chiffre qui la laissa bouche bée.

Lisa réfléchit. L'échéance de son loyer approchait. Voilà une solution qui, au moins, lui permettrait d'affronter ses problèmes financiers les plus pressants.

Elle décida d'accepter. Pourquoi pas, après tout ? Si vraiment il s'agissait d'un rôle sans importance, personne ne remarquerait son manque d'expérience.

— Etes-vous sûr que cela ne bouleverse pas la distribution du feuilleton ?

— Il existe des bouleversements très positifs, dit Bruce en lui prenant l'épaule pour la pousser vers la porte. Maintenant il faut absolument que je retourne sur le plateau. A demain.

Chapitre huit

Le premier jour de tournage fut pour Lisa un véritable calvaire. Bruce lui répétait qu'elle était bourrée de talent, mais elle refusait d'y croire. Tout comme elle avait cru à une plaisanterie la semaine précédente quand, après lui avoir récité son texte, elle s'était entendu annoncer qu'il l'engageait.

— Evidemment, vous maîtrisez encore imparfaitement votre jeu, mais cela s'apprend vite. L'important est que vous ayez de la présence. Et ça, croyez-moi, c'est une qualité rarissime.

A en croire les hochements de tête dont le réalisateur ponctua ce discours, il approuvait pleinement Bruce. Le cameraman, lui, ne voyait qu'une chose : il avait enfin devant lui une actrice dont la silhouette parfaite sous tous les angles ne nécessitait pas d'éternelles mises au point.

Seule Belva Crystal, la vedette, paraissait déplorer son engagement. Belva était une comédienne entre deux âges qui, malgré ses formes replètes et le soupçon de double menton qui empâtait son visage, s'obstinait à jouer les jeunes premières. Son nom, pourtant, brillait encore au zénith du box-office. Aussi la retrouvait-on régulièrement sur les écrans, mais elle nourrissait contre toutes les nouvelles venues dans le métier un sentiment de jalousie quasi paranoïaque.

Ainsi que Bruce l'avait promis, il s'agissait d'un rôle mineur. A part les regards acerbes de Belva,

Lisa n'eut pas le moindre problème pour se montrer à la hauteur. Tout le monde fit preuve à son égard d'une gentillesse étonnante, et Bruce lui prodiguait de précieux conseils.

Leur amitié ne se démentait pas. Quand, parfois, il s'égarait dans des démonstrations d'affection un peu trop entreprenantes, il suffisait alors à la jeune fille de le rappeler à l'ordre pour le voir se confondre en excuses.

Lisa aurait pu être heureuse. Or son existence, pourtant, était désespérément vide. La blessure qui déchirait son cœur ne se refermait pas. Il suffit, un jour, d'un coup de téléphone de Logan pour la raviver.

— Lisa ? Comment allez-vous ?

— Bien. Et vous, Logan ?

— Vous vous souvenez de mon nom ?

— Bien sûr. On ne vous oublie pas facilement !

Elle aurait aimé rendre cette dernière remarque cinglante. Elle ne fut que pathétique.

— Vous non plus, Lisa. Avez-vous trouvé du travail ?

— Oui.

— Vendeuse, toujours ?

— Pas exactement.

Il laissa s'écouler un moment de silence.

— Que faites-vous, alors ?

Il fallait lui répondre : tôt ou tard il découvrirait la vérité.

— Je... travaille pour Bruce.

— Ah ! En tant que... ?

Nouveau silence.

— Il m'a confié un petit rôle, avoua-t-elle enfin.

— Félicitations, Lisa, dit Logan d'une voix grinçante. Vous m'avez bien trompé. C'est ce que vous cherchiez depuis le début, n'est-ce pas ?

Il affectait un ton méprisant qui plongea Lisa

dans une détresse intense. Inutile de lui expliquer les raisons qui l'avaient poussée à accepter ce rôle, il n'en aurait pas cru un mot. Amer, il commença à la couvrir d'un flot de reproches acerbes. Incapable d'en supporter davantage, elle raccrocha brutalement.

Après une nuit sans sommeil, Lisa arriva au studio épuisée et eut droit aux réprimandes du cameraman.

— Il faudra faire la fête un peu moins souvent ! Les cernes autour de vos yeux ne me facilitent pas le travail.

Bruce aussi les remarqua :

— Avez-vous un problème, Lisa ?

— Le trac, rien de plus. Je viens de réaliser que des milliers de téléspectateurs allaient me voir et...

Bruce lui prit la taille et la souleva de terre dans une pirouette enthousiaste.

— Et ce n'est qu'un début ! claironna-t-il. A nous les Oscars !

Devant tant d'exubérance, elle n'osa avouer que les Oscars ne la tentaient pas le moins du monde. Non plus que les appâts trompeurs de la gloire cinématographique. Logan avait raison : le tournage d'un film était une opération interminable, ingrate et fastidieuse. Heureusement, la dramatique se terminait bientôt. Elle pourrait alors se mettre à chercher du travail. Un vrai, cette fois.

Le salaire mirobolant sur lequel elle avait bâti tant d'espoirs se révélait un mirage. Une fois réglées les taxes et la très lourde cotisation à la Caisse Syndicale des Artistes Exécutants, il ne lui restait plus grand-chose.

Le jour où furent « mises en boîte les dernières bobines », pour employer le jargon de la profession, Bruce informa Lisa que Will Westbury, le célèbre financier, donnait une fête dans sa somptueuse résidence.

— Je n'ai aucune envie d'y aller, Bruce.

— Vous plaisantez ! Tout le métier sera présent !

— Je ne fais pas partie du métier.

— Bien sûr que si ! Vous êtes une débutante, certes, mais *la* débutante qui monte.

— Je ne monterai pas plus haut.

— Comment ? Je me fais fort, moi, de vous décrocher un contrat. Vous allez voir.

— Non. Vous ne comprenez pas. Ce rôle m'a permis de traverser une passe difficile. Je vous remercie de votre aide, mais à présent je préfère retourner à ma machine à écrire.

Il fixait sur elle un regard incrédule.

— Vous ne voulez pas faire carrière ?

— Pas comme comédienne, en tout cas. L'expérience m'a amusée, mais il est temps pour moi de revenir à la réalité.

Il lui passa doucement la main dans les cheveux.

— Vous êtes vraiment unique. Venez quand même à la réception ce soir. Que j'aie au moins le plaisir de m'exhiber au bras de la plus belle fille d'Hollywood.

C'était, après tout, un sacrifice qui ne lui coûtait guère. Elle accepta. Bruce avait tant fait pour elle !

Malheureusement, elle ne possédait qu'une robe longue : ce même fourreau de soie vert pâle qu'elle portait chez Logan le soir où.... Elle écarta ce souvenir.

Quand elle ouvrit la porte à Bruce, celui-ci émit un sifflement rêveur.

— Eh bien ! J'étais loin de la vérité en parlant de la plus belle fille d'Hollywood ! La Californie, les Etats-Unis... que dis-je ! Le monde entier n'a pas de beauté plus parfaite.

102

Elle avait noué sur sa nuque la masse auburn de ses cheveux qui retombait en boucles fauves le long de son cou gracile. Un maquillage discret enchâssait les émeraudes lumineuses de ses yeux. Un soupçon de rose transparent soulignait la courbe sensuelle de ses lèvres. Elle virevolta pour s'offrir aux regards de son compagnon.

— Je suis heureuse que cela vous plaise. C'est ma seule et unique robe longue.

Il emprisonna sa taille entre ses mains.

— Vous me plairiez tout autant sans la robe...

La demeure de Will Westbury se situait au beau milieu de Bel-Air, le plus célèbre, le plus luxueux quartier d'Hollywood. A travers une pelouse immense, une large allée menait à la maison, imposante construction dont les fenêtres s'ornaient de grilles artistement torsadées.

Plusieurs orchestres animaient la soirée dont les échos s'enchevêtraient dans la nuit. Des chasseurs en veste blanche prenaient soin des voitures, tandis qu'un majordome, tout de noir vêtu, veillait à la porte. A ses côtés, une soubrette en tablier de dentelle débarrassait les invités de leurs manteaux.

Un hall immense conduisait, à l'arrière de la maison, vers une piscine en forme de trèfle à quatre feuilles qui chatoyait dans la lumière des projecteurs. Des gardénias dansaient à la surface de l'eau où deux naïades en bikini à paillettes nageaient languissamment d'un bord à l'autre. Sans doute les payait-on pour cela. Aucun invité pourtant ne leur prêtait la moindre attention. Ils se pressaient aux bars, s'entassaient autour du buffet ou dansaient sous une rotonde brillamment éclairée.

— J'ai l'impression de vivre une comédie musicale des années cinquante ! fit Lisa, ébahie.

103

— Will serait heureux de vous entendre. C'était sa grande époque de gloire.

Comme s'il pressentait qu'on parlait de lui, le maître de maison vint les saluer.

— Bruce ! Qui est cette éblouissante jeune personne ?

— Lisa Brooks, j'ai le plaisir de vous présenter Wilroy P. Westbury.

— Que de formalité ! Appelez-moi plutôt Will, dit celui-ci en accaparant la main de Lisa. C'est le nom que me donnent tous mes amis. J'espère vous compter bientôt parmi eux. Habitez-vous Los Angeles ?

— Depuis quelques mois seulement.

— Notre ville vous plaît ?

— Beaucoup. Votre maison aussi.

— Vraiment ? Aimeriez-vous la visiter ?

— Je crois que Lisa meurt de soif, coupa Bruce. Il l'entraîna fermement par le bras.

— A tout à l'heure, Will.

— Mais pourquoi faites-vous cela ? protesta-t-elle.

— Votre visite se serait limitée à une seule pièce : sa chambre.

— Je n'en crois pas un mot. Ce vieux monsieur...

— ... cache sous des dehors charmants une âme de satyre. Parfaitement.

Devant sa mine dépitée, il éclata de rire et la saisit par l'épaule.

— Allons prendre un verre pour vous remettre de vos émotions.

Il leur fallut traverser la foule pour arriver au bar et s'arrêter en chemin mille et une fois. Tous les deux pas on hélait Bruce, on le saluait ou l'entretenait de problèmes professionnels. Lisa prêtait à ces conversations une oreille distraite. Jusqu'au moment où, le voyant englué dans un débat sans fin avec un groupe de célébrités, elle prétexta le besoin de se refaire une beauté pour s'éclipser.

A l'entrée du couloir un homme lui barra le passage.

— Tiens! Tiens! Quelqu'un que je ne connais pas!

Il déshabilla la jeune fille des pieds à la tête d'un œil allumé. Elle reconnut Craig Gordon, célèbre acteur de télévision, spécialiste des rôles de détective casse-cou.

— Trouvons-nous un coin tranquille, ma belle. J'ai des projets pour votre avenir qui vous intéresseront sûrement. A condition que vous soyez gentille, bien sûr.

Il emprisonna son bras d'une poigne douloureuse.

— Voulez-vous me lâcher!

Une voix grave les interrompit.

— Puisque la demoiselle n'apprécie pas tes charmes, Craig, pourquoi ne déguerpis-tu pas?

Le regard bleu de Logan était fixé, glacial, sur l'acteur.

— Hum! Je... Nous plaisantions, Logan. Rien de plus.

Il s'esquiva dans la foule, laissant Logan et Lisa face à face.

— Peut-être devrais-je m'excuser d'avoir chassé votre dernière conquête?

— Au contraire! Quel personnage odieux!

— Ne vous étonnez pas. Cette maison en fourmille.

En smoking noir, Logan dégageait une impression de force austère. Il apprécia d'un coup d'œil la silhouette de Lisa qui se demanda s'il se souvenait de sa robe.

— Félicitations, ajouta-t-il enfin. Vous avez accompli des progrès fulgurants dans le métier. On ne réussit pas facilement à se faire inviter chez Westbury !

— Je suis ici avec Bruce.

Il se crispa. Sa voix, pourtant, resta calme.

— Aucune importance. Avec ou sans invitation, Will vous recevrait à bras ouverts. Il a un faible pour les jolies femmes. Attendez qu'il vous voie.

— C'est fait.

— Eh bien ! Vous ne perdez pas de temps ! Je constate que mon intervention chevaleresque était superflue.

— Pas du tout. Je vous remercie de m'avoir débarrassée de ce goujat.

— Vraiment ? fit-il, railleur. Cela pourrait être mal interprété, pourtant. Un journaliste, par exemple, pourrait en déduire que je vous considère comme ma propriété privée.

Lisa soupira.

— J'étais en colère, Logan. Peut-être suis-je allée un peu loin mais...

— Etiez-vous réellement en colère ? Je n'y ai vu qu'un prétexte...

— Un prétexte ? Que voulez-vous dire ?

— Que vous avez intentionnellement provoqué cette dispute, avec déjà en poche le contrat de Bruce Devereaux. Et que, ne sachant pas comment m'annoncer la bonne nouvelle, vous avez profité de cet article dans la gazette pour monter une petite mise en scène. Bravo !

— C'est faux ! Jamais je n'ai voulu faire de cinéma ! Si j'ai accepté ce rôle...

Elle s'interrompit, la gorge serrée. Du bout de l'index, Logan caressait rêveusement sa joue.

— Je ne regrette qu'une chose, Lisa. Pourquoi m'avoir caché vos ambitions ? Moi aussi, je pouvais vous introduire dans le métier. Et sans contrepartie. A moins que...

Pensif, il suivit la courbe de son décolleté avant d'ajouter :

— A moins que ce ne soit là le problème ? Je ne voulais pas de vous, alors vous vous êtes jetée dans les bras d'un autre. Je me trompe ?

Lisa baissa les yeux. Il lui souleva le menton.

— Bruce vous a-t-il initiée à l'amour ? Ou faut-il voir dans votre prétendue ingénuité un autre de vos mensonges ?

Elle se libéra et courut, affolée, jusqu'aux toilettes où elle s'enferma à double tour. Comment Logan pouvait-il lui parler ainsi ? Où était l'hôte attentionné, prévenant, qui la tenait dans ses bras avec tant de douceur ? Appuyée contre la porte, le cœur battant, la poitrine gonflée de sanglots, elle attendit que s'apaise le flot de souffrance et de rancune qui la suppliciait avant de se forcer à regagner la fête.

Appuyé au bar, Bruce vidait un verre. A en juger par l'éclat de ses yeux, ce n'était pas le premier.

— J'allais monter une expédition pour partir à votre recherche. Will ne vous aurait pas molestée par hasard ?

— Non je... je me promenais.

— Parfait. Vous vous amusez ?

— Oui... Beaucoup.

Il reprit sa conversation avec ses amis. Elle tenta de s'y intéresser un moment et y renonça très vite. Un inconnu l'invita à danser. Elle se laissa entraîner sur la piste. Un autre l'escorta jusqu'au buffet et lui emplit une assiette de mets délicieux qu'elle toucha à peine.

Entraîné d'un groupe à l'autre, Bruce pérorait, riait, argumentait à perdre haleine et surtout buvait beaucoup.

Lisa n'y tint plus. Elle étouffait. Il lui fallait absolument quelques moments de solitude.

Derrière la maison, le parc lui offrit le calme et la fraîcheur de ses frondaisons. Elle s'enfonça dans la nuit tiède, s'assit sur un banc au milieu d'un bouquet d'arbres et ferma les yeux, bercée par la rumeur lointaine des orchestres.

Dans l'herbe épaisse, elle n'entendit pas s'approcher des pas furtifs et poussa un cri en sentant une main caresser sa joue.

— Que faites-vous ici toute seule ? murmura Bruce.

— Oh ! C'est vous ! Vous m'avez effrayée.

— Excusez-moi. Vous me manquiez tant...

— Je ne pensais pas que vous remarqueriez mon absence. Tous ces gens autour de vous...

— Je suis désolé, Lisa. Tout le métier semble s'être donné rendez-vous ici ce soir.

— Je comprends, Bruce. Je ne vous en veux pas. D'ailleurs tous sont très gentils avec moi.

— Les hommes, oui. J'ai remarqué leur manège.

— Ils sont très corrects, je vous assure.

Il s'assit à côté d'elle, lui prit doucement la main et lui baisa le poignet.

— Je suis jaloux, Lisa. Vous savez pourquoi, n'est-ce pas ?

— Mais Bruce, nous avions convenu...

— D'être amis. Oui. Mais cela ne me suffit plus. Il faut que je vous parle.

— Ici ?

— Pourquoi pas ? Personne ne nous dérangera.

Justement, pensa-t-elle.

— Je ne suis pas de bois, Lisa. Vous non plus, j'imagine. Admettons-le une bonne fois pour toutes, et laissons faire la nature.

Il referma la main sur sa nuque et plaqua sur ses lèvres un baiser imprégné de whisky. Elle tenta de se dégager. Il resserra son étreinte. Elle sentit la panique l'envahir.

— Vous êtes ivre !

Il secoua la tête.

— J'ai bu un peu, c'est tout. Suffisamment pour oser vous avouer les sentiments qui me torturent depuis longtemps en secret. Laissez-moi faire, Lisa. Vous verrez que vous ne le regretterez pas.

— Inutile, Bruce. Dès notre première rencontre, je vous ai averti de ne pas nourrir ce genre d'espoirs.

Il enfouit les lèvres au creux de son épaule, la parcourant de caresses fiévreuses.

— J'ai bien l'intention de vous faire changer d'avis.

Elle se débattit.

— Lâchez-moi !

Il lui immobilisa les bras dans le dos, bloquant d'une main ses poignets, promenant de l'autre sur son corps ses doigts impatients.

— Comprenez-moi, Lisa. Jamais je n'ai tant désiré une femme.

— Parce qu'aucune d'elles ne s'est refusée à vous !

Il plongea dans ses yeux un regard égaré.

— Vous ne voyez donc pas que je suis amoureux de vous ?

— Je ne triche pas avec ces choses-là, Bruce. Je ne vous aime pas. Vous n'obtiendrez rien de moi.

— Ah oui ?

Il pesait sur elle de tout son poids. Elle se débattait frénétiquement, dans un combat perdu d'avance. Un cri de terreur s'échappa de ses lèvres. Elle sentait ses forces l'abandonner quand son agresseur parut brusquement soulevé dans les airs.

Lisa entraperçut le visage de Logan, crispé dans un rictus sauvage. Il décocha à Bruce un uppercut magistral. Le malheureux s'écroula d'un bloc, inerte.

Logan, apparemment frustré par la mollesse de son adversaire, empoigna sa victime par la chemise et le releva, prêt à frapper à nouveau.

— Arrêtez ! Vous allez le tuer !

— C'est bien ce que j'espère ! grinça-t-il, les mâchoires serrées.

La jeune fille s'accrocha à son bras, les joues baignées de larmes.

— Qu'est-ce qu'il vous a fait ? tonna Logan, vengeur.

— Rien. Vous êtes arrivé avant que...

Sa voix se brisa. Secouée de sanglots, elle se blottit contre lui. Il lui caressa les cheveux en psalmodiant son nom. Quand ses pleurs eurent cessé, il enleva sa veste de smoking et la lui passa autour des épaules.

— Venez. Je vous reconduis chez vous.

Il ne desserra pas les dents de tout le trajet. A la lueur du tableau de bord, son visage paraissait sculpté dans le marbre.

Il gara la voiture devant sa porte, lui saisit le bras d'une poigne d'acier, l'escorta sans un mot et n'ouvrit la bouche qu'en arrivant dans le salon de son appartement.

— Comment se fait-il que Bruce se montre si familier tout d'un coup ? demanda-t-il, amer. Auriez-vous décidé de le quitter, lui aussi ? Will Westbury vous propose peut-être un rôle plus intéressant ?

Piquée au vif, elle se cabra.

— Comment pouvez-vous insinuer une horreur pareille ?

— Je pense être plein de délicatesse au contraire.

— Je vous déteste !

— Pas d'insultes, je vous prie ! Sinon je pourrais bien vous faire concurrence et vous ne vous en tireriez pas à votre avantage !

C'en était trop ! Après toutes les désillusions de cette soirée catastrophique, la conduite de Logan acheva d'exaspérer Lisa. Les yeux étincelants, le visage livide, elle explosa.

— Bravo ! Vous avez tout deviné. Westbury m'a promis un rôle mirobolant. Le genre de rôle pour lequel je commettrais n'importe quol. C'est cela que vous vouliez entendre ?

Il la secoua brutalement.

— Je n'en crois pas un mot !

Ivre de rage et de détresse, en proie à une fureur destructrice à la limite de l'hystérie, elle s'acharnait à piétiner ce qui restait de leur relation.

— Vous avez tort ! Qu'est-ce qui m'a poussée à me jeter à votre cou, à votre avis ? L'amour ? Non ! L'intérêt. Rien d'autre !

— Vous mentez.

Elle sentit brusquement sa colère s'évanouir.

— A quoi bon vous dire que je mens ? Vous êtes tellement convaincu d'avoir raison ! Vous ne m'écoutez même pas !

Un flot de larmes baignait son visage. Le jeune homme la relâcha lentement.

— Lisa... Excusez-moi.

Elle se détourna. La veste glissait de ses épaules. Elle n'esquissa pas un geste pour la rattraper.

— Allez-vous-en, dit-elle d'une voix lasse.

Il lui prit la taille.

— Vous avez besoin de moi, chérie. A quoi bon nier l'évidence ?

Elle secoua la tête et tenta de se libérer. Il resserra son étreinte.

— Je vous avais prévenue. C'est un milieu cruel. Laissez-moi vous protéger.

Il promenait les mains sur ses hanches. Elle sentit monter en elle un frisson de désir.

— Lâchez-moi !

Les lèvres dans sa chevelure, il lui mordillait délicatement le lobe de l'oreille en frôlant de caresses délicieusement érotiques ses petits seins qui se tendaient sous la soie.

— C'est un ordre ?

— Oui, dit-elle dans un souffle.

— Je vous défie de le répéter en me regardant droit dans les yeux.

Il lui prit la bouche avec une passion, une sensualité qui déclencha en elle un ouragan de fièvre. Tremblante, ivre de volupté, elle s'abandonna dans un frémissement sauvage. Cela faisait si longtemps ! Si longtemps... Et elle l'aimait tant !

Elle enfouit les doigts dans ses cheveux et se blottit contre lui. Il la souleva, la porta dans la chambre et la déposa précautionneusement sur le lit avant de s'allonger près d'elle pour la bercer tendrement. Elle referma les bras sur sa nuque. Il eut un cri rauque de vainqueur.

— Vous m'appartenez, Lisa. Vous ne me quitterez plus jamais maintenant. Plus jamais.

Brusquement dégrisée, elle ouvrit les yeux. Il fixait sur elle un regard où se lisait le triomphe, la jubilation, l'orgueil... tout, sauf l'amour. Pas même la moindre trace de tendresse. Elle ne représentait rien pour lui. Rien d'autre qu'un échec dans le palmarès de ses conquêtes féminines. Un échec auquel il s'apprêtait à remédier, savourant à l'avance la joie de la victoire. Lisa savait certes qu'il ne l'aimait pas. Mais qu'il n'éprouvât rien pour elle, qu'il ne ressentît pas le plus insignifiant soupçon de trouble au moment d'accomplir l'acte qui lie l'homme et la femme de la façon la plus intime ? Cela, elle ne pouvait le supporter !

— Que se passe-t-il, Lisa ?

— Laissez-moi. Je ne peux pas...

— N'ayez pas peur, murmura-t-il.

— Ce n'est pas cela. Je ne veux plus que vous me touchiez. C'est tout.

— Vous mentez encore. Voulez-vous que je vous le prouve ?

Elle baissa les yeux en rougissant.

— Je vous désire, c'est vrai. Mais cela ne change rien.

— Pourquoi ?

— Parce que je n'ai pas envie de vous appartenir corps et âme. Vous avez déjà mon âme...

Elle s'interrompit, horrifiée par l'aveu qui venait de franchir ses lèvres dont Logan, trop en colère, ne saisit pas le sens profond. Il lui prit la bouche dans un baiser cruel, qu'elle supporta passivement. Quand il releva la tête elle fixait sur lui un regard morne.

— Vous êtes exactement comme Bruce, dans le fond.

Il observa un long silence et, avec un grognement rageur, bondit hors du lit.

Il disparut en claquant la porte tandis que Lisa étouffait de sanglots dans son oreiller.

Chapitre neuf

Cette nuit-là, le téléphone sonna à plusieurs reprises. Lisa ne décrocha pas. Etait-ce Logan ? Ou Bruce ? Quelle importance ? Elle refusait de parler à l'un comme à l'autre. Au matin, la sonnette de l'entrée retentit. Elle n'y répondit pas non plus.

Le téléphone reprenant son harcèlement, elle décida de sortir et, passant la porte, faillit trébucher sur une longue boîte blanche, ornée d'un ruban. A l'intérieur, une douzaine de roses blanches et rouges.

« Blanc, ou rouge ? J'ai oublié la couleur qui symbolise le pardon. Choisissez vous-même. Je vous aime. Bruce. », disait la carte jointe.

Les fleurs étaient superbes. Elle les plaça dans un vase et jeta la carte au panier. Rien ni personne ne pourrait désormais percer la couche de glace qui cuirassait son cœur. Quand elle referma la porte, le téléphone se remit à sonner.

Elle erra sans but dans les rues. Peu à peu, l'idée de déménager s'imposa à son esprit. Manifestement Bruce ne la laisserait pas tranquille et Logan, après l'échec cuisant de leur dernière rencontre, chercherait certainement à prendre sa revanche.

Elle acheta un journal, entra dans un café et inspecta méthodiquement la rubrique « Appartements à louer ». Après quoi elle passa à la colonne des « Offres d'emploi ».

Une semaine plus tard, Lisa s'installait dans sa nouvelle vie. Heureusement, son logement étant meublé, le déménagement n'avait posé aucun problème. Quant à son nouveau travail, derrière le comptoir des parfums des grands magasins Mason's, il lui permettait de mettre un peu d'argent de côté toutes les semaines. Plus que jamais, elle tenait à rembourser Logan.

Bien sûr il lui faudrait du temps. Elle ne pouvait se contenter d'envoyer cinq ou dix dollars à la fois, sous peine d'afficher de façon trop évidente son manque de ressources. Patiemment, elle allait devoir attendre d'économiser une somme raisonnable.

L'entreprise nécessitait, bien sûr, quelques sacrifices. Lisa limitait ses dépenses au strict minimum. A tel point que les autres vendeuses, perplexes, la suspectaient de pingrerie. Elle se rendait bien compte qu'elle excitait leur curiosité mais, à leurs questions sournoises, opposait une courtoisie et une discrétion absolue.

Tous les soirs, elle grignotait un dîner hâtif avant de se mettre au lit.

Un jour son anonymat parut sérieusement menacé. Shirley Bassick, une de ses collègues, la prit à part en arrivant au magasin.

— As-tu regardé la télévision hier soir ?

— Non.

— Il y avait une dramatique excellente, avec Belva Crystal. L'actrice qui interprétait sa sœur te ressemble de façon extraordinaire !

— Tu es sûre ? murmura Lisa, le cœur battant.

— Certaine. Je n'ai pas vu son nom, malheureusement : j'ai raté le générique.

Au grand soulagement de Lisa, un client s'adressa à elle à ce moment-là.

La jeune fille n'ouvrit pas un journal et n'eut pas

l'occasion de lire les critiques qui saluaient sa brève apparition au petit écran. Toutes, unanimes, vantaient le talent d'une « nouvelle venue dont nous aimerions voir plus souvent la beauté ».

A Hollywood, ce genre de commentaire suffit à déclencher une carrière...

Quand on sut dans le monde du cinéma que la « nouvelle venue » avait abandonné tout contact avec le métier, les producteurs, intrigués, redoublèrent d'efforts pour retrouver sa trace. L'un d'eux prit même l'initiative de diffuser une photo dans les journaux du soir sous le titre : « Où se cache Lisa Brooks ? »

Il ne lui fallut pas longtemps pour le découvrir.

Lisa vit arriver au comptoir de parfumerie un petit monsieur ventripotent, le cheveu rare et l'œil vif.

— La voilà donc, notre fugitive !

— Pardon ?

— Vous vous appelez Lisa Brooks, n'est-ce pas ?

— Oui. Mais...

— Nous avons eu un mal fou à vous dénicher.

Il lui adressa un clin d'œil entendu.

— Joli coup de pub, jeune fille ! Qui a eu cette idée ? Vous ou votre agent ?

— Je ne vois pas de quoi vous parlez, monsieur...

— Sol Palinski. Je vous offre le premier rôle dans le prochain film que je produis. Qu'en dites-vous ?

— Strictement rien. Je n'ai aucune ambition cinématographique.

— Ho ! Ho ! Avant même que j'aborde les questions d'argent, vous marchandez déjà ?

Lisa eut une moue dégoûtée. Il s'imaginait qu'elle jouait les blasées pour faire monter les prix ! Raisonnement typique de la mentalité d'Hollywood.

— Rien ne me fera jamais revenir dans le showbusiness, dit-elle. Que savez-vous de moi, d'ailleurs ? Qui vous dit que je sois capable de jouer ?

— Vous plaisantez ! Avez-vous lu les critiques ? C'est le succès garanti !

Elle cloua sur lui un regard éberlué.

— Critiques ? Pour ce petit rôle que je...

— Arrêtez votre numéro. Je suis prêt à vous faire une offre généreuse.

Il lui lança un regard aigu et reprit :

— A moins qu'un de mes collègues ne soit déjà passé avant moi. C'est cela ?

— Allez-vous-en, monsieur Palinski ! cria Lisa, exaspérée.

Le chef de rayon apparut.

— Des ennuis, mademoiselle Brooks ?

Sol le gratifia d'un sourire mielleux.

— Pas du tout. Nous avons une petite affaire à discuter tous les deux. Si vous lui accordiez un quart d'heure de récréation ?

— Cela vaudrait mieux que d'ameuter tout l'étage, en effet.

Lisa jeta un coup d'œil alentour. Toutes ses collègues tendaient avidement l'oreille.

— Merci beaucoup, dit Palinski au chef de rayon. Je vous la rends dans quelques minutes.

Il se tourna vers les autres employées, qui s'approchaient furtivement.

— Shirley Bassick est-elle parmi vous ?

Shirley s'écarta du petit groupe.

— C'est moi.

— Heureux de vous connaître.

Ils échangèrent une poignée de main et Lisa devina l'éclair d'un billet vert. Voilà qui expliquait par quel miracle le petit producteur avait découvert sa cachette.

Ils montèrent à la cafétéria du magasin et s'installèrent devant un café.

— D'accord, admit Palinski. Je veux bien croire que vous ne tenez pas à devenir actrice. Mais l'argent ? Avez-vous seulement pensé à l'argent ?

— J'en ai suffisamment.

— Comment ! Vous ne vous laisseriez pas tenter par un vison ? Une Cadillac ? Une villa à Malibu ?

Lisa se figea et articula lentement :

— De quel genre de somme s'agirait-il ?

— Ah ! Nous y voilà !

Il lui cita un chiffre qui, pour elle, était rien moins que phénoménal. Ainsi elle pourrait rembourser Logan immédiatement et sans problème.

— Et... qu'attend-on de moi pour ce prix-là ?

Une lueur victorieuse traversa les yeux du producteur.

— Le scénario est génial ! Un homme et une femme qui... Ecoutez ! Lisez plutôt le script.

— Quel délai prévoyez-vous pour le tournage ?

— Deux mois, guère plus.

— Et après, je serai libre ?

— Vous aurez sûrement d'autres propositions. Croyez-moi, j'ai du flair pour détecter les nouveaux talents. On n'a pas fini d'entendre parler de vous.

— Ce n'est pas ce que je voulais dire ! protesta Lisa avec un geste impatient. Devrai-je signer un contrat ?

— Evidemment ! Pour qui me prenez-vous ?

— Bon. J'accepte. A condition que votre contrat ne porte que sur un film. Pas plus. Pas de reconduction tacite, pas d'option préférentielle...

Son stage aux Studios Magnum lui avait au moins appris les clauses qui risquaient d'entraver sa liberté. Palinski secoua la tête, éberlué.

— Jeune fille, de deux choses l'une : ou vous êtes totalement cinglée, ou vous menez rudement bien votre barque !

— Je n'ai pas terminé : j'exige une avance sur mon cachet.

Elle cita le montant exact de la somme qu'elle devait à Logan. A sa grande surprise, le producteur fouilla dans la poche intérieure de sa veste et lui signa un chèque sur-le-champ.

Le soir même, un coursier lui apporta un script qu'elle lut confortablement installée sur son divan. Distraitement d'abord, puis avec la peur grandissante de ne pouvoir honorer son contrat au fur et à mesure qu'elle prenait connaissance du déroulement du scénario.

Celui-ci racontait l'histoire d'une femme éperdument amoureuse d'un homme qui n'éprouvait pour elle qu'indifférence et mépris. Chaque fois qu'elle tentait de le fuir, un magnétisme fatal la ramenait inexorablement vers lui.

Lisa avait beau se répéter que l'homme ne ressemblait en rien à Logan, elle retrouvait là une situation familière. Douloureusement familière. Au prix de quel martyre allait-elle pouvoir revivre devant les caméras un drame qui la touchait d'aussi près ?

Pour tout arranger elle découvrit, en arrivant sur le plateau le premier jour du tournage, que le cameraman n'était autre que son vieil ami Rudy Mandell. Il ne manquerait certainement pas d'avertir Bruce !

Elle qui pensait s'acquitter de son rôle le plus discrètement possible, et s'éclipser dès le film terminé ! Elle n'éprouvait pourtant pas la moindre rancœur envers Bruce. Peut-être l'aimait-il vraiment, à sa façon. Elle ne tenait tout simplement pas à le revoir. Voilà tout.

Cet espoir aussi allait être déçu. Il apparut au studio le lendemain. Assise dans un fauteuil de toile, la jeune fille relisait hâtivement ses répliques quand il s'approcha d'un air piteux.

— Lisa? dit-il d'une voix hésitante. On m'a prévenu que vous tourniez ici.

Il s'agenouilla brusquement devant elle et lui prit les mains.

— Je vous ai cherchée dans toute la ville. Me pardonnerez-vous jamais? J'étais ivre, tout bêtement!

— Je préfère ne plus parler de tout cela, Bruce.

— Dites-moi seulement que vous acceptez mes excuses.

— Très bien, j'accepte vos excuses.

— Pourrons-nous continuer à nous voir, comme avant?

Elle réussit enfin à se libérer.

— Je ne crois pas que ce soit une très bonne idée.

— Autrement dit, vous ne me pardonnez pas.

— Ce n'est pas votre faute. C'est... tout le monde. Tous ceux qui gravitent dans ce milieu. Je ne veux plus avoir aucun contact avec lui.

— Comment expliquer, alors, votre présence ici?

Question à laquelle elle ne pouvait répondre... Pas à lui, en tout cas.

— Ce sera mon premier et mon dernier film. Je... j'avais besoin d'argent.

— Je vous l'aurais donné! Je suis prêt à faire n'importe quoi pour vous, Lisa.

Ce plaidoyer la laissa de marbre. Evidemment si Logan s'était jeté à ses genoux, sa réaction eût été différente. Mais celui-ci ne se jetterait jamais aux genoux de personne. Inutile de rêver.

— Je ne veux rien accepter de vous, Bruce.

— Pas même un peu d'amour?

Elle détourna les yeux.

— De qui s'agit-il, Lisa? Qui est-ce? Logan?

Elle lui lança un coup d'œil inquiet.

— Que voulez-vous dire ?

— C'est à cause de lui que vous restez insensible aux avances des autres hommes ?

— Il n'y a jamais rien eu entre lui et moi ! Il ignore même certainement que j'ai déménagé.

— Détrompez-vous.

Vous l'avez vu ?

— Je lui ai téléphoné, pour savoir s'il avait de vos nouvelles. Voyez à quel point j'étais malheureux.

Il esquissa un pâle sourire.

— Et qu'a-t-il dit ?

— Après m'avoir soutiré le peu de renseignements que je possédais sur votre disparition, il m'a encore une fois menacé de ses foudres si j'essayais de vous revoir. Je l'ai senti aussi désespéré que moi.

— Non. Il est simplement...

— On n'attend plus que vous, Lisa !

La voix du metteur en scène coupa court à leur conversation. Après un « au revoir » hâtif, elle regagna le plateau.

Tout comme Logan, Rod Selby, la vedette masculine du film, était doté d'une carrure impressionnante. La ressemblance s'arrêtait là. Pour le reste, c'était un beau blond un peu fade, spécialiste des rôles de jeune premier irrésistible.

Séducteur, il l'était aussi dans sa vie privée. Le jour de leur première rencontre, il détailla Lisa d'un air gourmand.

— Si j'avais su que vous jouiez dans cette production, j'aurais accepté de travailler pour rien !

— Votre agent n'aurait pas apprécié.

Indifférent à cette rebuffade, il lui saisit lascivement la taille.

— Je sens que nous allons nous entendre à merveille.

— Mettons les choses au point, monsieur Selby.

Je ne suis pas intéressée par ce genre de proposition. J'aimerais terminer ce film aussi rapidement que possible, sans me fourrer dans un imbroglio sentimental d'où vous ressortiriez, de toute façon, profondément déçu.

Il l'avait toisée de la tête aux pieds avec un sifflement admiratif.

Depuis cet épisode, tout se passait au mieux entre Rod et Lisa. Il la conseillait pour les scènes difficiles et se montrait d'une patience exemplaire lorsqu'il arrivait à la jeune actrice d'oublier son texte.

Lisa avait encaissé l'avance de Sol Palinski et, dans l'heure qui suivit, expédié un chèque à Logan. En remboursant sa dette, elle brisait le dernier lien qui l'unissait à lui.

Chapitre dix

Le lendemain matin, le calendrier de tournage prévoyait une scène dans un night-club. L'habilleuse revêtit Lisa d'une robe éblouissante dont le corselet, moulant étroitement son buste, s'ornait d'un chapelet de perles brodées. Porter une robe du soir à huit heures du matin, voilà le genre de bizarrerie qu'impose le cinéma !

Elle passa ensuite dans la cabine du coiffeur qui ondula son épaisse chevelure en une auréole de boucles auburn. Le maquilleur prit la suite.

Un concert de cris admiratifs accueillit l'apparition de la jeune fille sur le plateau. En smoking, nœud papillon et plastron blanc, Rod la salua d'une courbette cérémonieuse.

— Vous n'êtes pas si mal, vous savez ! gloussa-t-il. Je suis souvent rentré le matin affublé de la sorte, mais jamais encore je n'avais sciemment commencé la journée en tenue de soirée !

— Je parie que votre nœud papillon était beaucoup moins droit, ces matins-là !

Il éclata de rire et la prit par l'épaule.

— Comment ! Seriez-vous en train d'insinuer qu'il m'arrive de boire plus que de raison, jeune effrontée ?

Elle s'apprêtait à répliquer sur le même ton quand son sourire s'évanouit. Debout devant la porte capitonnée du studio, Logan fixait sur elle un regard impénétrable.

— Que se passe-t-il Lisa ? s'étonna son partenaire. Vous êtes toute pâle !

Logan s'approcha avant qu'elle pût répondre. Le metteur en scène s'empressa de le saluer.

— Quelle bonne surprise, Marshall ! Votre visite est un honneur, pour une petite cellule de production comme la nôtre.

— Je viens voir Mlle Brooks.

Il l'entraîna à l'écart.

— Vous paraissez en pleine forme, Lisa. J'ai eu tort de m'inquiéter pour vous.

— J'ignorais que vous en étiez capable.

— Votre petit numéro de disparition était très réussi. Vous avez eu cette idée toute seule ? Non. On a dû vous aider.

Dans la bouche de Sol Palinski cette supposition n'avait rien d'étonnant. Mais que Logan pût penser une chose pareille ! Comme c'était mal la connaître !

— Pourquoi ces amabilités ? s'écria-t-elle.

Il eut une moue amère.

— Je vois. Vous allez continuer à jouer la comédie.

— Quelle comédie ?

— La comédie de l'adorable ingénue qui débarque à Hollywood dans l'espoir de devenir secrétaire et qui se retrouve, par le plus grand des hasards — bien sûr — dans un rôle de vedette sur un plateau de cinéma.

— Vous insinuez que...

— Je n'insinue rien du tout. Je ne crois pas au hasard, c'est tout. Et j'exige des explications.

Devant l'arrogance de son attitude Lisa sentit son sang bouillir. S'il n'était venu que pour l'insulter, elle allait lui donner une belle leçon !

— Très bien. Vous avez raison. Assez menti. Je

suis décidée à tout pour réussir. La gloire, la fortune : voilà mon ambition.

Logan saisit son cou gracile entre ses mains, une lueur féroce dans son regard d'acier.

— Je pourrais vous étrangler, dit-il.

Poussée par le besoin inexplicable de le narguer, elle poursuivit.

— Quel dommage de détériorer ainsi les atouts dont la nature m'a si généreusement dotée. La réussite de ma carrière en dépend, après tout !

Logan laissa lentement retomber ses bras avec une grimace écœurée.

— Vous avez raison. Et puis je ne suis pas venu pour cela.

Il sortit un chèque de son portefeuille et le brandit d'un air dédaigneux.

— Reconnaissez-vous cette signature ?

— C'est la mienne, oui.

— Je ne veux pas de votre argent.

— Mais je vous le dois. Vous avez dépensé une fortune !

— J'ai l'habitude de dépenser des fortunes pour les filles de votre espèce. Il est vrai qu'en général je suis mieux récompensé.

— Navrée de vous avoir déçu. Ce petit dédommagement vous aidera peut-être à oublier votre désillusion.

— Il existe des déceptions qu'on n'oublie pas.

Il déchira le chèque en menus morceaux.

— Voilà ce que je fais de votre « petit dédommagement ».

— Peu importe. Je vous en enverrai un autre.

— Alors je reviendrai. Et je recommencerai la même opération jusqu'à ce que vous compreniez.

— Sûrement pas. Je vais donner des instructions afin de vous faire interdire l'accès du plateau.

Cette idée parut prodigieusement l'amuser.

— Vous prenez vite tous les tics du métier ! fit-il, narquois. Vous en êtes déjà à piquer des caprices, comme une vraie star. Eh bien ! Expulsez-moi.

Il affichait une décontraction goguenarde qui la mit hors d'elle. Elle chercha des yeux Tony Blakely, le réalisateur.

— Tony ? Vous voulez venir une seconde, je vous prie ?

— Oui. Que puis-je pour vous ?

— J'aimerais que M. Marshall quitte le studio immédiatement.

Le metteur en scène jeta un coup d'œil à Logan.

— C'est une plaisanterie ?

— Absolument pas ! s'insurgea Lisa.

A en croire le sourire qui illuminait son visage, le producteur trouvait l'intermède fort divertissant. Tony, lui, était au comble de la perplexité.

— Mais je ne peux pas !

— Appelez le gardien, alors ! Il s'en chargera !

— Je crois que notre jeune amie cerne mal le problème, intervint Logan.

— Vous voulez dire... qu'elle ignore que le film est produit par Magnum ?

— Comment ! s'écria Lisa. Mais c'est impossible ! Sol Palinski est producteur indépendant et je ne vois pas...

— Vous avez encore beaucoup à apprendre, ma chère Lisa. D'où pensez-vous que les producteurs indépendants tirent leur argent ? En général ils se contentent d'avoir des idées et d'établir un budget. Après quoi ils cherchent des commanditaires. Quand Sol est venu me trouver avec son scénario, j'ai tout de suite accepté de le financer.

— Je... j'ignorais tout cela, balbutia la jeune fille. Pourquoi ne m'en a-t-il rien dit ?

— Sans doute pensait-il que ce n'était qu'un

détail. Il a raison d'ailleurs : cela n'a aucune importance.

Avec un sourire cruel il ajouta :

— Sauf pour vous et moi.

Tony, devinant qu'il se passait quelque chose qui ne le concernait pas, s'éloigna en marmonnant un vague prétexte.

— Vous ignoriez que je tournais ce film ? demanda Lisa.

— Oui. Sol est responsable de la direction artistique. Je ne suis que le financier dans l'affaire.

— Très bien. Je quitte ce studio immédiatement.

— Comment ?

— Nous n'en sommes qu'au troisième jour de tournage. Vous trouverez facilement une actrice pour me remplacer.

— Vous renonceriez au bénéfice de vos petites intrigues ? Pourquoi ?

Elle poussa un soupir excédé.

— Cela vous paraîtra sans doute ridicule, mais je n'ai accepté ce rôle que pour pouvoir vous rembourser, Logan. Mais puisque c'est vous qui financez le film, je ne peux tout de même pas vous rendre de l'argent qui sort de vos propres coffres !

Il fixait sur elle un regard indéchiffrable.

— Je ne vous savais pas si riche, dit-il d'une voix lente.

— J'en suis loin !

— Alors où comptez-vous trouver la somme nécessaire pour payer le procès ?

— Le procès ?

— Rupture de contrat. N'importe quel tribunal me donnera raison.

Un sourire carnassier plissait ses lèvres. Il consulta sa montre.

— Je rentre au bureau. Un bon conseil, ma chère : retournez sur le plateau, et reprenez gentiment votre rôle. Je déteste payer les gens à ne rien faire.

Effondrée, elle le regarda s'éloigner sans un mot. Une fois encore, Logan Marshall avait fait irruption dans sa vie. Une fois encore, il réduisait à néant ses pitoyables efforts pour l'oublier. Mais aujourd'hui c'était pire : il ne prétendait même plus éprouver quoi que ce soit pour elle. Rien d'autre qu'un inextinguible désir de vengeance.

Chapitre onze

Après une nuit blanche, Lisa arriva au studio les yeux cernés, le visage défait. Le cameraman, cette fois-ci, ne lui adressa pas de remontrances. Au contraire : le programme de la journée prévoyait le tournage de la grande scène du film : elle où, justement, au terme d'une nuit sans sommeil, les traits ravagés par la douleur, elle apprenait que le héros la quittait pour une autre.

Le décor représentait une chambre. En chemise de nuit de satin et peignoir bleu pâle, prostrée sur les draps froissés, Lisa fixait Rod d'un air bouleversé.

Lui, désinvolte, planté devant un miroir, nouait sa cravate.

— Inutile d'en faire un drame, chérie. Nous étions bien d'accord, n'est-ce pas ? Chacun reprend sa liberté quand il le veut. « Si jamais tu me proposes le mariage, je pars en courant. » Tu t'en souviens ? Ce sont tes propres paroles.

Paroles qui éveillaient en Lisa des réminiscences douloureuses. Elle s'efforça de s'oublier elle-même pour ne penser qu'à son personnage.

— C'était au début, Dirk. Avant... avant que je tombe amoureuse de toi.

— Tu tombes amoureuse de tous les hommes que tu rencontres !

— Ce n'est pas vrai, tu le sais bien. Je n'ai jamais aimé que toi.

129

Dans le miroir, il lui lança un coup d'œil impatient.

— Nous nous sommes payé du bon temps, Mary-Ann. Pourquoi demander plus ?

Elle se leva et l'entoura frénétiquement de ses bras.

— Reste avec moi ce soir. Rien qu'un soir. Je t'en supplie.

— A quoi bon ? Cela ne changerait rien. Demain nous recommencerions la même scène.

— Tu n'éprouves donc rien pour moi, Dirk ?

Il se retourna lentement. Un éclair de désir illumina ses yeux.

— Bien sûr que si, idiote.

Il glissa langoureusement les mains sous son peignoir. Au lieu de fondre contre sa poitrine, comme le voulait le script, Lisa se crispa. Rod se pencha sur elle et fit mine de nicher un long baiser au creux de son cou. C'est du moins ce qui apparut dans l'objectif de la caméra. En fait, il chuchota à son oreille :

— Décontractez-vous, ma belle.

Elle s'efforça d'obéir et se blottit contre lui. Il était de la même taille que Logan. Elle laissa aller sa tête sur son épaule, la joue plaquée sur des pectoraux musclés qui éveillaient des souvenirs familiers. Elle eut l'impression, un instant, que Logan la serrait réellement contre lui, ses bras l'entourant avec la tendresse et l'affection des premiers jours. Elle ferma les yeux et s'abandonna à cette douce illusion.

— J'ai été tellement seule, murmura-t-elle.

Elle se pendit à son cou.

— Restons ensemble. Encore un peu. Juste un peu.

Il la secoua doucement.

— Reprends-toi, Mary-Ann.

Elle rouvrit les yeux et, rencontrant le regard étonné de son partenaire, se rendit compte qu'elle n'avait absolument pas suivi le script.

— Je... je suis désolée, bégaya-t-elle.

Rod la dévisageait d'un air de défiance. Le scénario ne prévoyait pas cette entorse au dialogue, mais l'intrigue s'en accommodait parfaitement. La caméra continuait de tourner.

— Je ferais mieux de partir, dit-il.

— Non !

Elle agrippa son bras, les joues baignées de larmes.

— Non, ne pars pas ! Que deviendrais-je sans toi ?

A travers le personnage de Mary-Ann, Lisa exprimait enfin une douleur qui, depuis plusieurs mois, restait cadenassée au plus profond de son être. Au-delà du cercle lumineux des projecteurs elle aperçut Tony, enthousiaste, qui mimait des applaudissements en hochant la tête d'un air approbateur.

— Tu te débrouilleras très bien sans moi, Mary-Ann. Avec un tempérament comme le tien, les chagrins d'amour ne durent pas longtemps.

Il enfila sa veste et sortit. Les caméras balayèrent le plateau et s'arrêtèrent en gros plan sur le visage bouleversé de la jeune fille.

C'est du cinéma, se persuadait-elle, les lèvres tremblantes, la gorge gonflée de sanglots. Rien que du cinéma. Inutile de se mettre dans des états pareils.

Pourtant quand elle se jeta sur le lit pour s'abandonner au chagrin, ses larmes étaient de vraies larmes.

— Coupez ! cria Tony. On tient la séquence la plus extraordinaire du film, les enfants !

Les projecteurs s'éteignirent. Les machinistes s'affairèrent. Lisa ne bougeait toujours pas.

Elle se sentait épuisée par cette scène qui l'avait littéralement vidée de toute énergie. Peut-être parce que, justement, elle ne jouait plus. Mais il lui fallait maintenant se ressaisir, pour ne pas présenter à l'équipe un visage ravagé.

Une main se posa sur son épaule.

— Comment vous sentez-vous, Lisa ?

Elle reconnut la voix de Logan. Depuis combien de temps était-il là ? Le début de la séquence ? Elle devait être horrible ? Les yeux rouges, les cheveux en bataille... Qu'il ne la voie pas ainsi, surtout !

Elle bondit du lit et courut vers sa loge.

— Lisa ! Attendez !

Elle claqua la porte derrière elle.

— Laissez-moi entrer. Je veux vous parler.

— Non.

— Ne faites pas l'enfant !

— Je n'ai rien à vous dire. Et puis... je ne suis pas habillée.

— Et alors ? Ouvrez ! Je vous ai vue moins couverte que cela.

— Pas si fort ! On va vous entendre !

— C'est votre faute. Si vous ne voulez pas que je mette tout le monde au courant de votre vie privée, obéissez !

Elle tourna le verrou en hâte et ils se retrouvèrent face à face. Logan l'examinait pensivement, notant ses joues en feu, ses yeux fiévreux.

— Je me faisais du souci pour vous. Jamais je ne vous ai vue dans un tel état.

Elle se détourna et se planta devant le miroir, remettant machinalement de l'ordre dans sa coiffure.

— Vous avez pourtant l'habitude d'assister à des numéros d'actrice.

Il s'approcha, les yeux rivés sur son reflet.

132

— Ce n'était rien d'autre pour vous qu'un numéro ?

Elle fixa le miroir et soutint son regard.

— Que voulez-vous dire ?

— Toute cette passion... Toutes ces larmes... D'où les tiriez-vous ? Je n'arrive pas à croire qu'un simple scénario puisse ainsi vous faire vibrer.

Il avait donc deviné ! Lisa baissa la tête.

— C'est bien cela ? insista-t-il.

Les tempes battantes, elle s'apprêtait à se jeter dans ses bras quand il ajouta :

— Et cette fois-ci, c'est Rod ! Décidément, vous aimez les blonds dirait-on !

Elle émit un gémissement étouffé et se retourna, interloquée.

— J'ai deviné juste, n'est-ce pas ? C'est pour lui que vous jouiez cette scène avec tant de passion.

Elle resta un moment bouche bée. Un rire hystérique monta à ses lèvres, entrecoupé de sanglots convulsifs.

Il la prit contre lui et la berça doucement, le visage durci, les traits figés en une expression tourmentée.

— Ce n'est rien, Lisa. Calmez-vous.

Il attendit qu'elle soit apaisée pour la soulever dans ses bras et la déposer sur le divan. Elle enfouit la tête au creux de son épaule, s'abandonnant au plaisir de le sentir si près d'elle. Il murmurait des mots tendres à son oreille, faisant pleuvoir des baisers sur son front brûlant. Elle glissa les mains sous sa veste avec un soupir de bonheur. Du bout des lèvres, il traça une arabesque sur sa joue et vint cueillir sa bouche avec une ardeur sauvage. Lisa s'offrit tout entière à la vague de désir qui la submergeait. Il explorait fiévreusement son corps, comme s'il retrouvait les chemins de voluptés oubliées.

Lisa déboutonna fébrilement sa chemise, avide de sentir sous ses doigts la toison fauve de sa poitrine, sa chair tiède.

— Vous voyez que ce n'est rien, chuchota-t-il. Laissez-moi faire. Je connais un moyen de vous aider à oublier Rod.

Le nom de Rod tira Lisa du vertige où elle sombrait. Encore! Encore et toujours la même chose! Entre Logan et elle, les mêmes vieux malentendus resurgissaient sans cesse. Elle se redressa d'un bond.

— Vous me croyez amoureuse d'un autre! dit-elle d'une voix cinglante. Et cela ne vous gêne pas?

L'espace d'un instant, un éclair douloureux passa dans son regard. Si bref, si fugace que Lisa pensa l'avoir imaginé.

— Puisque vous paraissez décidée à vous jeter au cou de tous les séducteurs d'Hollywood, je ne vois pas pourquoi je n'en profiterais pas.

— Bien sûr? Et toujours sans engagement, j'imagine?

— Pas de mariage, en effet. C'est bien là-dessus que nous sommes tombés d'accord, n'est-ce pas?

Elle brûlait de lui jeter la vérité au visage: jamais elle ne céderait avant d'être assurée de son amour.

Mais à quoi bon? Envahie d'une soudaine lassitude, elle s'écroula sur une chaise. On frappa à la porte.

— Le décor est prêt mademoiselle Brooks. On n'attend plus que vous.

Elle poussa un soupir.

— Il faut que j'y aille.

— Ah! Oui! Votre carrière passe avant tout, c'est vrai. J'avais oublié...

Chapitre douze

Après leur orageuse entrevue, Logan ne se montra pas sur le plateau de plusieurs jours. Lisa commençait à s'habituer à l'idée de ne plus jamais le revoir quand il se décida à réapparaître. Il restait parfois quelques minutes à peine, d'autres fois des heures entières, déambulant derrière les caméras, les yeux rivés sur elle.

Lisa vivait dans la terreur de ces visites. Inévitablement, son travail s'en ressentait. Après plusieurs jours de tension elle atteignait un tel degré de nervosité qu'elle oubliait systématiquement ses répliques.

— Quel est le problème ? demanda Tony. Y a-t-il quelque chose de particulier qui vous gêne dans cette scène ?

— Non. Je... Excusez-moi. Recommençons. Nous finirons bien par réussir à la jouer jusqu'au bout.

— Un peu de repos vous ferait le plus grand bien. Allongez-vous un moment dans votre loge. En attendant nous tournerons une autre séquence.

— Vous avez peut-être raison.

Elle s'apprêtait à se diriger vers les loges quand Logan se matérialisa à ses côtés.

— Fatiguée, ma beauté ?

— Pourquoi me torturer ainsi, Logan ? Arrêtez de m'espionner.

— Si vous comptez devenir une star, il faudra vous habituer à supporter les regards des autres.

— Les regards, oui. Mais pas les préjugés. Vous brûlez de me voir échouer, dirait-on.

— C'est une des lois du métier. Il y a toujours quelqu'un en coulisse qui épie votre moindre faux pas. Je vous avais prévenue : c'est un milieu carnassier.

— Et alors ? Qu'attendez-vous de moi ? Que je me mette à genoux ? Que je vous dise : oui ! je hais cet univers de clinquant et de faux-semblants ?

— Il vous faudrait être réellement excellente comédienne pour me convaincre de votre bonne foi !

Elle redressa la tête et le fixa fièrement.

— Je suis peut-être meilleure actrice que vous ne le pensez.

Un tic agita la commissure des lèvres du jeune homme.

— Je m'en suis rendu compte il y a longtemps.

— Alors laissez-moi en paix !

Elle pivota et se dirigea d'un pas rageur vers sa loge. Il l'attrapa par le poignet et l'attira contre lui. Le souffle court, les yeux étincelants, elle braqua sur lui un regard exaspéré. Méprisant, il souligna d'une caresse désinvolte les pommettes qui saillaient dans le visage amaigri de la jeune actrice.

— Un conseil, pour votre .carrière : essayez de dormir seule de temps en temps. Vous brûlez la chandelle par les deux bouts, et cela commence à se voir. Apprenez à vous ménager. Surtout si vous comptez sur votre physique pour décrocher des rôles.

Lisa se dégagea d'un geste brusque et continua son chemin. Aveuglée par les larmes, elle ne vit pas un rouleau de câbles qui barrait le passage.

— Attention ! cria Logan.

Trop tard. Ses talons accrochèrent le filin. Il se précipita pour la rattraper. Elle bascula contre lui et s'accrocha à son cou. Ils restèrent une seconde soudés l'un à l'autre. Les yeux fermés, Lisa s'abandonna délicieusement à son étreinte. Il l'écarta brutalement.

— Combien d'hommes faut-il pour vous satisfaire, Lisa ?

Un flot de sang lui monta au visage. Elle courut s'enfermer. Mais cette fois Logan ne la suivit pas.

Lisa ne vivait plus que dans un but : boucler ce film le plus rapidement possible. Levée tous les matins à six heures, elle travaillait tard dans la nuit et rentrait chez elle exténuée pour sombrer dans un sommeil sans rêves. Elle investissait toute son énergie, toute sa volonté dans le tournage. Tony ne tarissait pas d'éloges.

— Si ce film ne fait pas de vous une star, j'ouvre un magasin de bonneterie ! Vous êtes fantastique !

Elle le remercia d'une voix blanche. S'il savait que son unique motivation était d'en finir au plus vite !

Rod, lui, émettait quelques réserves.

— Vous êtes très douée. Mais il faut apprendre à vous modérer.

Il observa d'un œil critique les ombres qui soulignaient ses yeux verts, et la fragilité diaphane de son visage émacié.

— Distrayez-vous un peu, que diable ! Si je vous invitais à dîner ?

— Non, merci. Je dois réviser mes répliques pour demain.

— Je vous offre un succulent repas chez Gillio's.

C'était l'un des plus célèbres restaurants de Los Angeles, là où chaque soir, le Tout-Hollywood se donnait rendez-vous.

— Nous ne nous attarderons pas, et vous aurez le temps de relire votre texte.

Lisa s'apprêtait à refuser quand Tony intervint.

— Excellente idée ! Il ne faut pas vous tuer au travail. Une ou deux heures de détente me paraissent tout à fait indiquées.

Ils étaient deux contre elle. Plutôt que de tenter de les convaincre, la jeune femme préféra céder.

— Alors ? On regrette d'être venue ? lui demanda Rod quand ils furent installés à leur table.

Lisa, appuyée au dossier de son fauteuil capitonné, jeta un coup d'œil alentour. C'est vrai qu'il était bon de sortir, de temps en temps ! Depuis plusieurs jours elle ne faisait qu'aller et venir, matin et soir, du studio à l'appartement. Pour la première fois, depuis une éternité elle ressentait même un léger appétit.

— Vous êtes trop exigeante avec vous-même, Lisa. Vous vous donnez trop. Il faut apprendre à canaliser vos émotions.

S'il savait !

— A part ça vous êtes parfaite, reprit-il. A mon avis vous avez une grande carrière devant vous. Vous pourrez bientôt rivaliser avec Monica Miles.

— Monica Miles ? Nous n'avons absolument rien en commun ! Pourquoi me comparer à elle ?

— Je ne sais pas. Tout simplement peut-être parce qu'elle est assise là-bas. Avec Logan.

Lisa se retourna. A l'autre bout de la salle, en effet, dans un box douillettement isolé, Logan et sa compagne s'absorbaient dans une conversation intime.

— Je me demande si elle réussira à lui passer la bague au doigt, murmura Rod, narquois.

— Oui, dit Lisa d'un ton qu'elle espérait désinvolte. Jamais je n'aurais cru que Logan puisse tomber amoureux d'une actrice ! Il est vrai qu'elle est si belle...

Elle s'interrompit, la voix brisée. Rod éclata de rire.

— L'amour n'a rien à voir là-dedans ! Monica ne sait qu'une chose : elle est au sommet de sa carrière. Encore quelques années et elle dégringole ! Logan lui garantirait une retraite confortable. Sans parler de la pension alimentaire en cas de divorce.

— Vous croyez ? C'est épouvantable !

— Ne vous faites aucun souci pour votre beau producteur ! C'est un véritable requin, avec les femmes. Regardez-le : on croirait qu'il lui déclare un amour éternel, mais qui sait ce qui se trame dans son esprit ? Une chose est sûre : s'il a décidé d'obtenir une faveur quelconque de Monica, soyez certaine qu'il parviendra à ses fins !

Brusquement, Lisa n'avait plus faim du tout.

Chapitre treize

Arriva le moment où les derniers mètres de pellicule furent « mis en boîte ». Le tournage était bouclé. Sur le plateau, toute l'équipe célébra l'événement autour d'une bonne bouteille.

— Je sens qu'on tient un énorme succès, dit Tony.

— C'est ce que prétend tout le métier, en tout cas, approuva Rod.

— Mais le film est loin d'être sorti ! s'étonna Lisa. Comment sont-ils au courant ?

— Espionnage, très chère, fit Rod, rieur. Tous les producteurs de la ville ont un agent double dans ce studio. Cela ne m'étonnerait pas qu'ils viennent frapper à votre porte.

— Pourquoi ?

— Parce qu'on ne parle que de vous ! De votre talent, de votre beauté ! On vous offrira même certainement de signer une brassée de contrats dès ce soir, à la réception.

Interdite, elle le regarda sans comprendre.

— Quelle réception ?

— Tony ne vous a pas avertie ? Will Westbury offre une fête. C'est un des plus grands financiers d'Holly...

— Oui. J'ai déjà rencontré ce monsieur. Ne comptez pas sur moi.

Les deux hommes accueillirent cette décision par un concert de protestations ébahies.

— On ne refuse pas une invitation de Wilroy P. Westbury !

Mais Lisa se souciait fort peu de l'opinion de Wilroy P. Westbury et ne fléchit pas. Pourtant quand Tony lui expliqua qu'en boudant la réception du magnat d'Hollywood, elle créait un scandale qui rejaillirait sur toute l'équipe, elle sentit mollir sa résolution.

— Nous aurons droit aux commentaires les plus invraisemblables de tous les médias, dit Tony. Je vois ça d'ici : « Lisa Brooks refuse d'apparaître en public aux côtés de Rod Selby et de Tony Blakely ! » Les commères de la presse s'en donneraient à cœur joie !

Déchirée entre le désir de ne pas nuire aux deux hommes et sa répugnance à affronter une fois encore l'univers frelaté d'Hollywood, elle tenta une dernière objection :

— Mais je n'ai rien à me mettre !

— Allez voir l'habilleuse. Elle vous vêtira comme une reine.

C'est ainsi que Lisa, ce soir-là, se retrouva au volant de sa Mini Morris dans l'allée de graviers qui menait à la demeure de Will Westbury. Le chasseur lui ouvrit la portière avec une moue dédaigneuse, moue qui s'évanouit sur-le-champ lorsqu'il la vit sortir : il ne s'attendait visiblement pas à tant d'élégance chez la conductrice d'un véhicule aussi rustique.

Elle arborait une robe de lamé or assortie d'un gilet très court, brodé de fleurs pailletées.

Elle pénétra dans le hall où la fête battait son plein, réplique exacte de la dernière réception. Même foule bruyante, même musique, mêmes éclats de rire qui se mêlaient aux tintements des verres. Lisa chercha des yeux Rod et Tony.

Le cheveu pommadé, un cigare nauséabond au

coin des lèvres, un homme se fraya un chemin vers elle.

— Je pensais que vous ne viendriez plus.

Elle lui jeta un coup d'œil étonné.

— Nous connaissons-nous ?

— Pas encore. Myron Stanley, des Studios Global.

Il lui tendait une main potelée quand un deuxième homme fit son apparition. Chauve, bedonnant, il affichait un sourire éclatant en se dandinant sur ses courtes jambes.

— Al Glabman. Productions Superstar. Ne vous laissez pas éblouir par Myron. Il parle bien, mais c'est malheureusement son seul talent. Faites plutôt confiance à Superstar.

— Faites-leur surtout confiance pour produire des navets, grinça son concurrent.

La querelle menaçait de s'envenimer. Rod et Tony accoururent à la rescousse.

— Ne harcelez pas ma petite Lisa, plaisanta Rod en lui passant un bras autour des épaules.

— Lisa ! Quel plaisir de se retrouver !

Belva Crystal émergea de la foule et planta sur sa joue un baiser retentissant.

— On ne s'est pas vues depuis cette dramatique. Tu te souviens ? Qu'est-ce qu'on s'était amusées !

Lisa resta bouche bée devant cette soudaine démonstration d'amitié. Elle jeta autour d'elle un regard éperdu, cherchant un moyen d'échapper à la meute qui l'assaillait. Horrifiée, elle aperçut Logan qui fixait sur elle un regard pénétrant et ironique. Il s'approcha, Monica Miles pendue à son bras.

— Félicitations, Lisa. On ne parle que de vous.

Rod la plaqua contre lui.

— N'est-ce pas ? Je suis très fier de ma petite Lisa.

La malheureuse tenta de se dégager. Elle ouvrait

142

la bouche pour protester vigoureusement quand il y posa ses lèvres.

— Laissez-vous embrasser, chuchota-t-il à son oreille. Cela nous fera toujours un peu de publicité.

— Vos baisers ne semblent pas beaucoup la troubler, dit Monica, un soupçon de venin dans la voix. Seriez-vous meilleur amant à l'écran qu'à la ville, très cher Rod ?

— C'est généralement le cas de tous les sex-symbols, Monica chérie ! Vos admirateurs sont payés pour le savoir.

Ils se mesuraient du regard, les lèvres figées dans un sourire crispé. Dans leur coin, les deux producteurs s'entre-déchiraient à coups de sous-entendus haineux et de plaisanteries aigres-douces. En proie à une nausée insurmontable, Lisa s'esquiva.

Elle disparut dans le hall au milieu de la foule, émergea sur le perron et demanda au chasseur d'une voix pressante de lui avancer sa voiture. Elle en claqua la portière et dévala l'allée qui menait vers la route.

Quel univers odieux ! Que d'hypocrisie ! Rod lui-même, en qui elle avait mis toute sa confiance, n'hésitait pas à se servir d'elle pour sa propre publicité.

Mais le plus pénible était de voir Logan s'afficher publiquement avec Monica Miles. Pour un homme qui arborait un tel mépris des actrices, ce genre de conduite équivalait à une annonce officielle de mariage. Et cela, Lisa ne put le supporter.

Il ne restait qu'une chose à faire : fuir, partir. Quitter Los Angeles pour rentrer à Abîlene au plus vite.

De retour à son appartement elle enleva sa robe et la pendit à un cintre. Demain matin à la première heure elle la rendrait au studio. Elle enfila hâtivement une courte robe d'intérieur en crêpe de

143

coton et descendit sa valise de l'étagère où elle était perchée. Chacun de ses mouvements lui demandait des prodiges de concentration, pour éviter que s'infiltre dans son esprit l'insoutenable vérité : il y a six mois elle quittait Abilene dans l'espoir de cicatriser ses blessures, maintenant elle y revenait le cœur irrémédiablement brisé.

Elle commença d'empiler soigneusement ses vêtements, s'appliquant à ne penser à rien et perçut tout d'un coup le timbre de la sonnette d'entrée. Depuis combien de temps retentissait-elle ? Instinctivement, elle sut que c'était Logan. Non ! Elle n'ouvrirait pas. Qu'il aille au diable !

— Je sais que vous êtes ici ! Votre voiture est garée en bas !

Il tambourina violemment sur la porte. Mieux valait le laisser entrer avant qu'il n'éveille tout le voisinage.

— Que voulez-vous à la fin ? demanda-t-elle en lui ouvrant.

— Si je vous le disais vous ne me le donneriez pas, murmura-t-il en lorgnant insolemment ses courbes graciles. Du moins pas tout de suite.

Les mains enfouies dans les poches, il s'appuya négligemment au dos du divan. Le tissu tendu de son pantalon dessinait la forme de ses cuisses musclées. Lisa se détourna, les tempes battantes.

Dans son smoking noir, il était d'une virilité, d'une prestance irrésistible. Et terriblement glacial. Qu'était-il advenu de l'homme qui la traitait autrefois avec tant d'égards ? Dans ses yeux bleus, elle ne lisait plus maintenant qu'un cynisme cruel.

— Je suis fatiguée, Logan. Laissez-moi seule.

Il s'approcha et lui saisit brutalement le poignet.

— Ecoutez d'abord l'offre que j'ai à vous faire.

— Vous voulez marchander, vous aussi ?

— Pourquoi pas ? Puisque vous êtes à vendre !

— On le dirait bien, n'est-ce pas ? Je suis la révélation de l'année, apparemment. De la graine de star ! Avez-vous vu comme les producteurs se pressaient autour de moi ?

— Ces gens-là veulent vous lancer comme une savonnette, le temps d'un ou deux films, mais dès qu'ils auront rempli leur tiroir-caisse ils vous laisseront tomber. Ce que je vous propose, moi, c'est de parfaire votre talent dans un cours d'art dramatique. Vous témoignez de dons étonnants, pour une débutante. Je vous offre de les cultiver, de façon à bâtir une carrière.

Lisa baissa la tête. Il avait raison, bien sûr et elle approuvait son raisonnement, sauf pour l'essentiel : elle ne voulait pas, n'avait jamais envisagé de bâtir une carrière !

— Je ne prendrai pas de cours, Logan, murmura-t-elle.

Il lui saisit le menton et la fixa droit dans les yeux.

— Ne vous laissez pas aveugler par des perspectives de gloire facile, je vous en conjure ! Vous y perdriez votre talent, vos illusions, et peut-être même votre vie.

— Voilà qui devrait vous rendre heureux.

Le souffle court, les mâchoires crispées, il la transperça d'un regard étincelant. Puis brusquement, empoignant ses cheveux, il bascula sa tête en arrière et dévora ses lèvres d'un baiser où éclatait toute sa fureur. Lisa gémit. Il se fit plus tendre, explorant sa bouche avec une ardeur voluptueuse qui la laissa palpitante de désir. C'est la dernière fois, pensa-t-elle, la dernière fois qu'il me serre contre lui. Elle enfouit la main dans sa chevelure avec une ardeur sauvage, psalmodiant en elle-même de déchirants mots d'adieu.

Il s'écarta, un éclair de triomphe dans les yeux.

— Marché conclu, dit-il, les lèvres plissées d'un rictus amer. Décidément, il suffit d'y mettre le prix !

Lisa frissonna. Toute passion avait déserté le visage de Logan où ne subsistait qu'une détermination farouche, une volonté barbare de satisfaire un caprice. Et ce caprice, c'était elle. Retenant les sanglots qui l'étouffaient, elle courut vers sa chambre. Logan y pénétra avant qu'elle ait pu en claquer la porte.

— Pas cette fois, Lisa ! Vous n'allez pas...!

Il venait d'apercevoir la valise sur le lit.

— Que se passe-t-il ?

— Je rentre au Texas.

— Pour quelques jours ?

— Non. Pour toujours.

— Je ne comprends pas. Pourquoi ?

Elle eut un sourire désabusé.

— Vous venez de répondre à votre propre question. C'est justement parce que vous ne comprenez rien à rien, Logan, que je pars. Vous n'avez jamais rien compris.

Il scruta son visage.

— Que voulez-vous dire, Lisa ?

— Vous n'avez vu en moi qu'une médiocre intrigante. Obstinément, vous cherchiez dans chacun de mes actes des justifications à vos soupçons.

Il ouvrit la bouche pour protester mais elle poursuivit, impitoyable.

— Vous m'accusez de me servir de mon corps pour faire avancer ma carrière ? Faux ! Et la meilleur preuve, c'est que je n'en veux pas, de votre satanée carrière !

— Vous m'avez pourtant plaqué pour jouer dans une dramatique télévisée !

— Je vous ai quitté parce que je ne supportais pas les rumeurs qui circulaient à notre sujet. Bruce m'a offert ce rôle. J'avais besoin d'argent. J'ai accepté. Et quand Sol Palinski est venu me trouver avec un contrat j'y ai vu l'occasion de rembourser ma dette envers vous. Rien de plus.

— Si tout cela est vrai, pourquoi avez-vous tenté de disparaître entre-temps ? Notre amitié ne représente-t-elle rien pour vous ?

— Notre amitié ? A-t-elle jamais existé, Logan ? J'ai fait irruption dans votre existence comme un chaton perdu. Vous avez pris soin de moi par charité. Mais je ne voulais plus de votre pitié. C'est pour cela que j'ai cherché à disparaître de votre vie.

— Vraiment ? Un peu de franchise ! Ne serait-ce pas surtout à cause de la façon dont je vous ai traitée, après vous avoir tirée des filets de Bruce Devereaux ?

Elle détourna les yeux en rougissant au souvenir de cette épouvantable soirée.

— Il y a de ça, en effet, admit-elle.

— Si vous saviez combien je m'en suis voulu ! Moi qui prétendais jouer les anges gardiens, je n'avais réussi qu'à être votre geôlier.

Il passa tendrement la main dans ses cheveux. Elle retrouvait là un peu du Logan qu'elle croyait à jamais perdu. Au moins emporterait-elle le souvenir d'un homme qui, même s'il ne l'aimait pas, savait se montrer tendre, à l'occasion.

— Votre place n'est pas dans ce milieu, Lisa.

— Vous avez raison. C'est pourquoi je pars.

— Non ! Restez, je vous en prie. Recommençons tout à zéro ! Je vous promets de me montrer à la hauteur, cette fois.

— Ne vous sentez pas coupable. Voyez : j'ai surmonté toutes ces épreuves, malgré tout.

— Vous êtes parvenue à oublier Bruce, voulez-vous dire.

— Il n'y a rien à oublier. Je ne l'aime pas. C'était un ami, rien de plus. Du moins je le croyais, ajouta-t-elle en rougissant piteusement. J'ai encore beaucoup à apprendre des hommes...

— Parce que vous ignorez l'effet que vous exercez sur eux. Et Rod ?

— Rod ? Il n'y a rien entre nous !

— Pourtant tout à l'heure, chez Westbury...

— En bon habitué de la faune hollywoodienne, vous ne devriez plus vous laisser abuser par ce genre de numéro.

Il lui jeta un regard aigu.

— S'il ne s'agit ni de Bruce ni de Rod, qui donc fuyez-vous ?

— Je... je ne fuis personne.

— Pas de mensonges, Lisa. Qui est-ce ?

Crispé, tendu, il se tenait à peine à quelques centimètres d'elle. Quelques centimètres que la jeune fille brûlait de franchir. Elle évitait obstinément son regard.

— Vous n'avez pas le droit de me poser cette question. Est-ce que j'exige des explications sur votre conduite, moi ? Pourtant cette Monica...

— Quel rapport ? Je refuse de parler d'elle.

C'était pire qu'un aveu.

— N'ayez crainte. Je n'essaierai pas de vous soutirer des confidences pour communiquer la date de l'événement aux journaux.

— La date ? Quel événement ?

Lisa abandonna la partie avec un geste désabusé.

— Très bien. Puisque vous tenez à garder vos petits secrets...

— Attendez ! Seriez-vous en train de suggérer qu'il existe un lien entre Monica et moi ?

— A quoi bon le cacher ? Vous vous êtes suffisamment affiché avec elle ! Chez Rudy Mandell, chez Will Westbury...

— A toutes les réceptions, en effet. Cela ne vous met-il pas la puce à l'oreille.

— Et l'autre soir, chez Gillio's ?

Logan parut interloqué.

Comment le savez-vous ?

— J'y étais. Vous sembliez absorbés dans une conversation des plus tendres, dit-elle, la gorge serrée.

Logan rivait sur elle un regard intense en lui caressant doucement l'épaule.

— Cela vous ferait de la peine, si j'épousais Monica ?

Elle aurait voulu lui crier qu'elle s'en moquait éperdument. Impossible. Elle l'aimait trop profondément pour ne pas l'avertir du danger qu'il courait en s'entichant du cœur de pierre de cette Monica Miles. Mais comment exprimer ces choses-là ? Comment jeter à la face d'un homme que celle qu'il aime est indigne de lui ?

— Je voudrais vous savoir heureux, Logan, hasarda-t-elle prudemment. Vous devriez réfléchir avant de vous marier.

Il lui effleura tendrement la joue.

— Justement. J'y ai beaucoup réfléchi ces temps-ci.

— Ne vous rendez-vous compte de rien ? Elle ne cherche qu'à profiter de votre notoriété, de votre argent !

— Vous avez tout à fait raison.

— Alors pourquoi l'épouser ?

— Il n'en a jamais été question. A vrai dire, je ne supporte pas cette créature.

Lisa le fixait, éberluée.

— Mais... Je ne saisis pas.

— Vous non plus ? Décidément, nous ne sommes pas faits pour nous comprendre.

Il observait attentivement Lisa et lui prit doucement la taille.

— Si vraiment je vous suis indifférent, pourquoi tant vous soucier de mon bonheur ?

— Vous... vous ne m'êtes pas si indifférent, Logan...

— Après tous les tours que je vous ai joués ?

— Quand on aime quelqu'un on...

Elle leva vers lui un regard horrifié : elle s'était trahie !

Il la broya d'une étreinte presque animale, qui la laissa pantelante. Elle s'abandonna un instant au bonheur de sentir leurs deux corps l'un contre l'autre, et se dégagea à contrecœur.

— Ne vous sentez pas obligé de me consoler.

— Vous pensez que je me sens obligé ?

— Je tenais tellement à garder cela pour moi...

— Vous avez parfaitement réussi. J'aurais juré que vous me haïssiez. A quelques exceptions près...

— Avec votre expérience, dit-elle en rougissant, vous deviez vous rendre compte de l'effet que vous exerciez sur moi.

Il lui effleura la joue du bout des lèvres.

— Je connais les recettes du plaisir, mais j'étais persuadé que n'importe qui pouvait éveiller en vous les mêmes élans. Je devenais fou à l'idée que Bruce...

Elle posa un doigt sur sa bouche.

— Voulez-vous vous taire ! Jamais je n'ai pensé à un autre que vous.

— Alors pourquoi vous refuser à moi avec tant d'obstination ?

Pourquoi, en effet ? Que répondre à une question qui la torturait elle-même ?

150

— Je ne voulais pas devenir un simple numéro sur la liste de vos conquêtes, Logan.

Il rivait sur elle un regard incrédule.

— Vous ne vous êtes pas rendu compte que j'étais follement, passionnément, éperdument amoureux de vous ?

Elle se sentit sombrer dans un tourbillon vertigineux.

— Vous... vous m'aimez ? Mais... mais Monica... ?

— Il est grand temps d'éclaircir ce malentendu. Mon métier m'oblige parfois à fréquenter des gens que je n'apprécie guère. L'année prochaine, nous comptons mettre en chantier un film sur Mata-Hari, la célèbre espionne. Du romantisme, de l'action, du suspense : un scénario très prometteur. Monica est parfaite pour le rôle. Malheureusement elle se fait prier et depuis près de trois mois je m'échine à la convaincre. C'est-à-dire que je l'exhibe dans tous les endroits à la mode, que je l'abreuve de compliments et de flatteries, que je la noie sous les cadeaux... Mais jamais je n'imaginerais de me compromettre avec elle dans une liaison ! Encore moins un mariage !

Lisa avait l'impression d'émerger d'un long cauchemar. Du chaos de révélations qui se bousculaient dans son esprit, elle ne tirait qu'une conclusion. Une seule : Logan l'aimait.

— Jamais je n'aurais cru...

— Eh bien ! Maintenant vous savez, dit-il, radieux.

Il balaya la valise d'un geste, sans égard pour les vêtements qui s'éparpillèrent sur le sol. Lisa se sentit soulevée de terre et déposée sur le lit.

— Nous nous sommes fait suffisamment de mal,

chuchota-t-il à son oreille. Laissez-moi vous aimer, Lisa. Sans engagement, sans promesse...

C'était exiger d'elle un sacrifice énorme, mais elle ne pouvait éternellement fuir son destin. Et son destin, elle le savait à présent, était irrémédiablement lié à celui de Logan Marshall.

— Si vraiment c'est ce que vous voulez, Logan...

— J'aurais préféré qu'il en soit autrement, mais je suis trop amoureux... J'accepte toutes vos conditions, pieds et poings liés.

A travers le tumulte de passion qui déferlait en elle, ces mots éveillèrent un écho lointain. Elle retint la main qui s'égarait dans l'échancrure de sa robe.

— Que voulez-vous dire ?

— Qu'en réalité j'aimerais vous épouser. Je crève d'envie de proclamer notre amour à la face du monde.

— Comment ! Mais... vous prétendiez le contraire ! Sur le yacht, à Pago-Pago...

Il effleura ses lèvres d'un baiser infiniment tendre.

— Après votre farouche déclaration d'indépendance je ne tenais pas à vous effrayer. N'ayez crainte, Lisa. Je ne vous traînerai pas devant l'autel. Si vraiment vous ne voulez pas vous sentir liée je n'insisterai pas. Je vous aime trop pour exiger quoi que ce soit.

Les yeux baignés de larmes, elle l'éblouit d'un sourire éperdu.

— Je n'ai rien de prévu pour demain, Logan. Pourriez-vous vous libérer quelques heures, juste le temps de m'épouser ?

Il lui prit le visage dans les mains. Une joie sauvage, incrédule, dansait dans ses yeux bleus.

— Vous... tu es sincère ?

— Bien sûr.

Les paupières pudiquement baissées, elle dénoua sa cravate en ajoutant, rougissante :

— A moins que nous n'attendions pas jusqu'à demain...

Vous avez aimé ce livre de la *Série Romance*.

Mais savez-vous que Duo publie pour vous
chaque mois deux autres séries?

Désir vous offre la séduction, la jalousie,
la tendresse, la passion, l'inoubliable...
Désir vous entraîne dans un monde de sensualité
où rien n'est ordinaire.

Série Désir: 6 nouveaux titres par mois.

Harmonie, ce sont des romans plus longs, riches
en détails pittoresques, en aventures merveilleuses...
Harmonie, ce sont 224 pages de réalisme et de rêve,
pour faire durer votre plaisir.

Série Harmonie: 4 nouveaux titres par mois.

Série Romance: 6 nouveaux titres par mois.

Duo

Série Romance

Achevé d'imprimer sur les presses de l'imprimerie Bussière
à Saint-Amand-Montrond (Cher)
le 25 mai 1984. ISBN : 2-277-80190-9. ISSN : 0290-5272
N° 579. Dépôt légal mai 1984. Imprimé en France

Collections Duo
27, rue Cassette   75006 Paris
diffusion France et étranger : Flammarion